旅 行 者

严建文 著

中国出版集团公司
华文出版社

图书在版编目（CIP）数据

旅行者 / 严建文著. -- 北京：华文出版社，2022.3
ISBN 978-7-5075-5621-6

Ⅰ．①旅… Ⅱ．①严… Ⅲ．①诗集－中国－当代 Ⅳ．①I227

中国版本图书馆CIP数据核字（2022）第040024号

旅行者
LV XING ZHE

作　　者：	严建文
责任编辑：	吴文娟
美编设计：	李琳琳
出版发行：	华文出版社
地　　址：	北京市西城区广安门外大街305号8区2号楼
电　　话：	总 编 室 010-58336239　发 行 部 010-58336267
	责任编辑 010-58336192
邮政编码：	100055
网　　址：	http://www.hwcbs.cn
经　　销：	新华书店
印　　刷：	北京博海升彩色印刷有限公司
开　　本：	889mm×1194mm　1/32
印　　张：	10.75
字　　数：	80千字
版　　次：	2022年3月第1版
印　　次：	2022年3月第1次印刷
标准书号：	ISBN 978-7-5075-5621-6
定　　价：	58.00元

版权所有，侵权必究

序
百遍清游未拟还

2018年,严建文出版了第一部诗集《风中的行者》,我写了序言《和风伴行》。

说来惭愧,当时我并不知道他,当一位诗人向我转交《风中的行者》诗稿并代建文请我写序的时候,我没有马上同意,我说:"先看看吧!"读完诗稿,我一阵兴奋,一位工业领域的有才华的诗人站到了我的面前。于是,我很高兴地敲键盘了。直到一年以后,我们才在新加坡第一次见面。我们一见如故。大家都忙,之后就没有再重逢,但是由于他在我的朋友圈里,因此我了解他的近况,也常读到他的新作,就好像经常在一起聚会一样。

最近,建文寄来第二部诗集《旅行者》,181首新作,给我带来喜悦。他要我写序,这次我一点也不迟疑了,而是觉得,应该写。这是我的责任。

《旅行者》就是写"旅行",旅行与诗歌有着斩不断的亲缘关系，二者有着相似的精神内核，旅行是身体在现实空间中的行走，诗歌则是思想和情感在内心世界的遨游。在这个意义上，旅行诗绝不仅仅只是一种诗歌类型的指称，也象征着诗歌与旅行的隐秘关联，它们都指向对庸常生活的拒绝。在中国几千年的诗歌传统中，旅行诗的成就比不上羁旅诗。中国人安土重迁的传统让羁旅和行役连接起来，也让羁旅诗更多地浸染了"独在异乡为异客"的凄凉与孤独，散发出"春风不度玉门关"的悲怆与豪壮。即使是那些纯正的旅行诗也常是诗人仕途失意中所做的遣怀，所以我们看到谢灵运在山中发泄着他不得志的牢骚，孟浩然在水边叹息着他不见赏的清贫。即使是自称"一生好入名山游"的李白，也不免要在旅途中发出"空忆谢将军"的感慨。随着生活的现代化，旅行诗的内容随之丰富起来。现代的旅游诗已经不止是愁思之声和穷苦之言，旅游诗在抒情遣怀之外增添了富于历史感和哲理性的内容，也就带有了"百遍清游未拟还"的雅致趣味和探索精神。在这样的大背景下，严建文带着他的《旅行者》向我们走来了。

　　按照海德格尔的话来说，诗最接近"在"，是"在"

的倾听者和看护人,是"在"的房屋。诗不是一般的"语言言说",而是人的"本真言说"。因此,诗的关注在人性、人道与人情。诗在多数情况下是生命关怀的体现。建文的诗歌处处浸透着对世界、对生命的思考,他喜欢旅游,喜欢一个人在静夜中沉思,一部《旅行者》,一大半是在旅途和暗夜中写下的。诗人主动放逐自我,远离浮华的尘世,在内心对世界进行观照,对生命进行审视,这让他的诗无限靠近存在。读建文的诗,可以发现作品中随时都透露出对生命的虔诚感悟:

> 高台之上,无尽的浮尘把我围绕
> 允许我喝一杯烈酒
> 如同喝下星空。我的血沸腾
> 北斗星滚落
> 无限升华的是你所见
> 无限坠落的是我所见
> 　　　　　　　——《所见》

只有超脱于世俗世界的喧嚣之外,才能入于诗歌世界的三味之中。这样的诗歌，耐人咀嚼，耐人寻味。

在生命关怀之外，诗歌还有另一种关怀：社会关怀。生命关怀和社会关怀其实很难完全划开。一首优秀的写社会关怀的诗，写到极处，也就会触及生命关怀，因为，诗总是从事到情，从生命的视角去观照社会事件。一首优秀的写生命关怀的诗，写到极处，也就会触及社会关怀。因为，诗人总是一种社会存在，诗歌终究也是一种社会现象。就中国新诗而言，当救亡成为社会发展的主旋律的时候，诗歌就更偏重社会关怀：国家的兴衰、民族的危亡成为诗的主题。当启蒙成为社会发展的主旋律的时候，诗歌就更偏重生命关怀。中国新诗从诞生起，长期处在战争、革命、动乱的外在环境中，因此，十分注重与社会和时代的诗学联系，注重诗歌的承担精神，注重增添诗歌的思想含量和时代含量。从更悠久的传统来看，中国诗歌一直推崇以家国为上，这种诗歌在中国才能算为上品。诗人郭沫若在成都杜甫草堂留有一副楹联："世上疮痍诗中圣哲，民间疾苦笔底波澜。"可视为是对上品诗篇的概括。因此，优秀的诗歌绝不仅仅是诗人内心世界的絮语。在《二月，诗的季节》《惊蛰》等篇章中，建文把眼光转向外部世界，写新冠疫情，写白衣天使。建文从人道、人情的视角出发书写他的社会关怀，化客观为主观，化事件为心灵，遇善则柔，遇恶则刚，因此对诗的隶属度很高。

建文是一位颇有成就的实业家，最近在北京举行的"庆祝中国共产党成立100周年大会"，他被请上观礼台，就证明这位企业家所做出的奉献。但是，在高速运转的工作节奏里，他的文化生活、精神世界却异常丰富，他爱好绘画，喜欢书法，写新诗也是他的业余爱好。虽是"票友"，建文对诗歌的态度却是严肃的，对诗歌技艺的打磨是认真的。他对人生有自己的独到感悟，对诗艺也进行了一番艰难的探索。能够看得出，对于这部诗集，他是用心来写的。《旅行者》中颇多精彩的佳句，令人击节赞赏：

机场的喧闹灯火通明
人们试图都去奔赴温暖的地方
夜色化开

旅行者若远若近的脚步

踩醒冰冷的早晨

——《戊戌初三》

我在等一场雪的到来

干净的雪,落在我疼痛的肢体

落在我薄薄的行囊

有些痛被我饮下的酒灌醉

有些痛被我握住的雪融化

——《十二月》

四月把东山的桃花,西山李花

熬出一树绿叶。我闻到青草的味道

连日的春雨

让偶然放晴的天空,成为一场盛宴

——《钢铁的味道》

　　脚步把早晨踩醒,疼痛被酒灌醉、被雪融化,四月熬出了绿叶……这些意象乍看起来都是不合常理的存在，无理而妙，然而这才是真正的诗啊！诗人并不关注世界本来怎么样，而是关注世界在诗人看来怎么样。因此，诗人无须对世界的本来面貌作忠实刻板的描绘，诗人是造世者、命名者，他对现实世界进行剪裁、清洗、变形、重构，创造出诗歌中的艺术世界。写诗的时候，诗人在心灵的世界漫游，"肉眼闭而心眼开"，他笔下的世界是"心眼"看到的内视世界，因此诗才成为不讲理（论）、不合（语）法的艺术。日常的讲话不能构成诗，诗以一般的语言组构独特的语言方式。可以说，作为艺术品的诗是否出现，主要不在它"说什么"，而在"怎么说"。离开独特的语言方式，诗便不复存在。一般语言一经纳入这种语言方式，就获得了非语言化、陌生化、风格化的品格，由实用语言幻变为灵感语言。用宋人王安石的说法，就是"诗家语"，用薄伽丘的话说就是"精致的讲话"。《旅行者》中的语言是"诗家语"，是"精致的讲话"，故而耐读。笔外之韵，篇外之音，味外之味，给人非常舒服的读诗享受。

在这个日益喧嚣的世界里，不必要求每个人都做一名诗人，但每个人都要自觉成为一个诗意的人，惟其如此，才能守护住心灵的宁静。建文是一个生活在诗意世界的人，也是一位真正的诗人。《旅行者》只是他的第二本诗集，他的诗歌道路还很长，假以时日，相信他能为诗歌界带来更大的喜悦，也能为读者带来更多的优秀作品。我期待他的努力。

是为序。

吕进

（重庆市文联荣誉主席、西南大学教授）

目录

001 | 再见

002 | 记忆

004 | 雪人

006 | 二月的思念

008 | 风不记得来过

010 | 我在黑夜里潜行

012 | 落花

014 | 风告诉我

015 | 总是记挂

017 | 古城

019 | 兰花开了

021 | 今夜

023 | 风醒了

025 | 雨天

027 | 我的机床，女战神

029 | 致

031 | 也忆海子

033 | 古槐树

035 | 我选择了风

037 | 一树花开

039 | 我的痛

041 | 我的热爱

044 | 雨一直下

046 | 我思念风暴的味道

048 | 雨

050 | 鹰

052 | 谷雨之后

054 | 我走进你

056 | 液压机

058 | 我在夜色里找寻

060 | 我的背负

062 | 记

064 | 叙述

066 | 第91页

068 | 雨夜

070 | 昨天的风，吹落了花朵

072 | 花，开着

074 | 叮咚……

076 | 我端坐在1761

078 | 天堂寨

080 | 月色包裹了深宅

082 | 江南的雨季

084 | 氢，新能源时代

086 | 铸钢件

088 | 乖

090 | 凌晨

091 | 想念一个人的花园

093 | 天边的归宿

095 | 现代水墨

097 | 我的兄弟

099 | 夏日的落叶

101 | 什么也不会失去

103 | 不只是

105 | 刺

107 | 归途

109 | 孩子

111 | 我像一个农夫坐在谷堆上

113 | 无题

114 | 远方之远

116 | 秋思

118 | 我的病

120 | 可能

122 | 嘟囔

123 | 霜降

125 | 失眠之秋

| 127 | 路

| 129 | 致余旭

| 130 | 错失

| 132 | 在小岛

| 133 | 一粒种子

| 135 | 建仁寺

| 136 | 天真冷

| 137 | 灰

| 139 | 暴风雪

| 141 | 欠

| 142 | 雾

| 144 | 春风辞

| 145 | 无声绽放

| 147 | 过山门殿

| 149 | 无语的二月

| 151 | 2月19日过798

| 153 | 猎豹

155 | 三月的思念

157 | 城堡

159 | 逝者如斯

161 | 三月的巴黎印象

163 | 凌晨三点

164 | 灰喜鹊的日课

166 | 十里三村

168 | 春夜

169 | 细小的白啊

170 | 江南的雨

172 | 神农祭祀

174 | 在欧洲大地

175 | 遗失

177 | 梅雨季

178 | 明天的豹子

180 | 大觉寺

182 | 这个秋天

| 184 | 海德堡
| 186 | 巴黎
| 188 | 静夜之思
| 190 | 南方的窗外
| 192 | 戊戌初三
| 194 | 西行的我
| 199 | 一滴藏在眼角的泪
| 201 | 旅行者
| 203 | 如酒岁月
| 205 | 在纳戈尔德广场
| 207 | 我爱着也等候着
| 209 | 一棵野生的树
| 211 | 莲花
| 212 | 我什么也不知道
| 214 | 在怀远
| 217 | 这漫长而短暂的
| 219 | 有时候我也咳嗽

| 221 | 秋风起了
| 223 | 这个早晨
| 225 | 玄
| 227 | 立冬记录
| 229 | 门
| 231 | 旅途杂记
| 233 | 记忆之火
| 235 | 十二月
| 236 | 冬日记事
| 238 | 向日葵
| 240 | 岁末记
| 242 | 冬夜的天使
| 244 | 所见
| 246 | 万吨压机上梁之日
| 247 | 今夜,松针坠落
| 249 | 大雪之日回老宅
| 251 | 醉酒赋

252 | 惊蛰

253 | 我的叹息

254 | 人生的青灰

256 | 盼

257 | 那只沉默的鸟儿

258 | 万物

260 | 夜色中的雾

261 | 六月

262 | 和一条江约会

264 | 夏夜

266 | 在黑夜的高台

267 | 白露

268 | 胡杨

270 | 祖国

272 | 走过

273 | 太过迟到的冬雨

275 | 冬至的铁锈

| 277 | 一场电影之后
| 279 | 二月,诗的季节
| 281 | 惊蛰的歌
| 283 | 错过的三月
| 284 | 2020 的春天
| 285 | 初夏
| 286 | 夏日之诗
| 288 | 走过空荡的厂区
| 290 | 六月的雨
| 291 | 一场大雨
| 292 | 不被打扰的夜
| 294 | 夏日
| 295 | 无题
| 296 | 那枯萎的向日葵
| 297 | 九月的月亮
| 299 | 我的世界没有雨伞
| 301 | 冬至,蓟门烟树

302 | 12月14日

304 | 病中杂思

306 | 致病童

308 | 我想去更远的地方

309 | 找到知音

310 | 钢铁的味道

311 | 水墨天空

312 | 给我的兄弟易远

314 | 春天借去了我的耳朵

315 | 柿子树

316 | 2022

317 | 黑夜隐退

318 | 大雪的早晨

320 | 越冬

再见

凭几世的修行

从容你的邂逅

风尘归来的梵音

掠不去虔诚于心底的优雅

夕阳摇曳的静默

苍然渐近

时光　不再水墨丹青

指尖流淌的思绪

立你在雨后的发梢

如若　遇见

就做你风中的行者

2014.10.12

记忆

十样锦到藤黄的记忆

覆盖了所有的岁月

多远的印象也不如

记忆中一片淡淡的月光

一抹晨曦

叫人坐卧不定的花朵

它们如此潮湿

仿佛从来没有风干的爱情

我寻着花的方向

从陌生走到熟悉

又把熟悉走成陌生

它们落下来,即刻把我吞没

吞没在漂泊的路上

这些花多么刺眼

差点让我忘记大路上扬起的黄尘

忘记回忆

是多么徒劳的事

2016.1.30

雪人

这个泪水涟涟的人
坐在雪地里
阳光是一条参不透的玄机
那一丝温暖应该成为人生的布景
对于它,却是温柔的惆怅
忧郁的情伤

我每天从这里过路
看它一天天消瘦,生命无多
偶尔,有一丝风和它应和两句
或许是在问,你将怎么逝去

无须风舞

如同我沉默的人生

走过,像饱满过的谷粒

落地

2016.02.01

二月的思念

转过那个山口

就远离了这个小城

远离街道上的树,三楼的窗口

那窗台上晃动的花朵

回头看一眼,只是那条低眉呜咽的河

穿透春天的草丛,唱着古老的恋歌

这是一条漫长的诗,每一滴流水

就是一颗词语

我终究是一个远行的人

不是孤单地行走,因为我带着河流

带着诗歌的灯盏

里面背负着沉甸甸的梦

爱的憧憬

是钢铁的棱角,一台机床的山水

这是我岁月的颜色啊

还有谁在路上,披着锦衣

还有谁在二月,让幸福的旅程

索然无味

一切终会褪色

当你走在山间,拥抱着春天

你乘坐的云朵悠然而过

一切都是静止的,只有我在移动

我隐隐听到机器的轰鸣

它把我拉回了归途,拉回一场会议

拉回一杯茶的温暖

流遍我的全身

2016.02.02

风不记得来过

干净的枯枝托着鸟巢

一切都远了。鸟群,阳光

沐浴在二月的桦树叶,已经死去

却迟迟不肯离开

它站在树梢,你甚至可以想到

它的骨骼、肌肉,它的皮肤

都老了啊。好像记忆

春风吹过,他还在想秋的约会

每一个枝头,热烈的嘴唇

风,唤醒一段往事

唤醒他喜欢的呢喃。落在树下的白月

是风带走了鸟吗

带走她一直守候的,那么多轮回

那么多渡过寒冬的等候

遗忘太久

风不记得来过。鸟不记得来过

2016.02.11

我在黑夜里潜行

我在黑夜里潜行
有时候,我必须在黑夜里才走得更远
如果不是刺伤我的荆棘
我甚至以为,我就是群山的
一部分

这世界有一种比黑夜更可怕的寂静
我想唱一首作伴的歌
又害怕惊醒了熟睡的木槿花
还担心虎视眈眈的野兽
它会看见,我与花朵
在没有声息的视线里,身影细碎

我这样小心翼翼

小心翼翼地把黑夜走成了白昼

把月亮走成了太阳

孤独的潜行者,会见到更多的露珠

耀眼的晨曦

阳光洗去我满身灰尘

我像一个新生的人,站在这山岗

静候一朵花的苏醒

2016.02.13

落花

从春天看到秋天

我看落了桃花。春雨的步伐如此羞涩

多想看落她的期待

所有的收获都源自我

这一季的发愿。不仅仅收获了花朵

果实也在虚拟中穿行

风,穿过我

有东西在我身体里停驻。仿佛一个幽灵

或者一只寄生虫

或者她们,需要我的强大

我恍惚的理想

我只能把它们,或她们

与希望一起

埋葬

让生与死历练后,赋予她的重生

她开花了,结果了吧

在我耕耘的土地里,在我沐浴的春光里

绿色会遮住我的脚步

秋天会把我遗弃在春天里

朵朵落花

都是我今生的仓促

每个坠地的果实,都是我放弃的

一种狂热,一段伤痕

2016.02.15

风告诉我

我追寻山花的味道

一路向东,向东走在阳光里

不去想下雨了怎么回家

尽头最远的海

海水淹没了惆怅的心

身体还在高高的岸上行走

闭紧了双眸　等风吹过

我坐在岸边,看潮起潮落

妈妈的呼唤,遥远又亲切

我总该归去,追上故乡那片云

在水和水的会话里

风告诉我……去那个心安的地方

2016.02.20

总是记挂

这是个日渐干涸的季节

在路上,我看到枯木

灰烬

许多修了又拆,拆了又修的房子

直到我听见麻雀

在一棵什么树上叫了一声

树枝上,初生的绿叶散发着黄色的诱惑

我等了许久的春天

一定要有微风,阳光,鸣叫

一定要有暧昧的空气里你的名字

一定要有我任性地加上的叹词

一定要有我粗糙的诗

这一刻,你是我的

是眼前的绿,如此近,却不敢触及

稚嫩的你

害怕我一触摸,视觉的梦就碎了

就要等到来年春天

风起时,你的耳语飘过

……总是记挂

2016.02.29

古城

你是人们心中的千年古城
你是一代的悲悯,死亡的战争
你是青铜与砖瓦堆积的威武
数百年前我以我的名字
为你命名
数百年后,我把你遗弃

古城,从此你的戾气随哀怨窒息我
从此你衣衫褴褛
你的身体被沉睡麻醉

百转千回的思念,你终是我的旧知
我们相遇在秦淮百里
好人家

我古老的乌托邦啊

我走近你的时候朝阳如血

我离开你的时候满身星斗

2016.03.08

兰花开了

办公室的兰花开了
五朵,开太多了也不好
那么小的春天
想起了多年前穿越半个山城
找寻那把失了音准的古琴
琴上雕刻的也是兰

花香在没有谱的旋律里
随着春雨,打湿了键盘
抱琴的人仿佛抱着潮湿的世界
素指轻拨
琴上的兰花就开了

回忆的种子,我曾如此随意地

扔在了山坡

兰草开的时候，它就发芽

就把我这模糊的一生

开得如此清晰

            2016.03.09

今夜

今夜,如果能有场春雨

让我枕着她的淅沥声

在夜色里微合双眼

房间的二月兰,开成一片痴情

体贴人意

把灯关了,点心爱的烛

不要吹灭它,让它照着我的梦

照着浅酌的春酒

岁月静好

今夜,我躺在我的禅林

时光寸寸流逝

我的青衫在烛光里摇曳

你的凤冠在夜色安睡,这人生

这人生一次就够了

等天明,江山依旧

你一定是我隔河的风景

一定是我目之所视,最好的美人

2016.03.10

风醒了

风醒了，有一点伤感

我是想枕着它的轻抚

睡去。我想枕着它的沙沙声

解开花朵，春雷

清晨的脚步太快，太忙

赶着去丈量我的失落

一年又一年

路在等我。总也走不完

走不完的人生

上。中。下。或者更多

就像我永远造不出完美的机床

永远的渴望

黑和白的轮回

我把黑夜留给白昼，又把白昼留给黑夜

纠结于生与死的缠绵

空气中的味道是风

这无处不在的风

拥抱你时，你没有察觉

我说你不愿听的话语

和风伴行吧，你是

我生命中飘出的小花，是风的歌唱

是不在意的岁月留痕

陪你，随处安放的时光

风醒了。我望着大地

大地也醒了

2016.03.17

雨天

某个午后的雨天

煮一壶茶,远离一些烦恼之物

爱的光影,若有若无

望着天空

千丝万缕的雨,安抚我

不断涌出的欲望

冲刷人类隐秘的贪婪

这雨有时是白色,有时是黑色

这雨,会不会毒了我的土地

毒了我园子里不知名的果实

我看清楚了

这雨啊,是在来到大地的途中

变色,变酸

变得不再清澈

雨不停地下，这世界不停地变色，变酸

变得不再清澈

我的心，我的心渐渐走远

走到随波逐流的

暮色里

2016.03.19

我的机床,女战神

三维设计的系统跳动着

勾画出你的轮廓

我目不转睛,手心发热

是你,梦中千万次相会

我的机床,女战神

我要造一个你这样完美的机床

用镗铣床,车床,磨床,钻床

雕塑你如玉的肌肤

让你在热处理中修炼意志

成为有智慧的精灵

让上梁,下梁,拉杆伸展

秀出你曼妙的身姿

滑块走出的你啊,自由而从容

液压阀,多路阀,充液阀,它们屏住呼吸

静候线缆传来终端的指令

你在数控大脑的指挥下,轻快地舞动

光栅是你的盾,

机器人是你的仆从

你从不柔弱

你菊花古剑,英气逼人

你,是我英武的女人

你是我的妇好

每一次出征金戈铁马

你都不辱使命

美丽的压力机床

我的女战神

你一出场

江湖,就因你而沸腾

2016.03.20

致

看一眼熟睡中的你

呼吸着你的体香,就是呼吸一首赞美诗

我在晨雾中启程

夜色的旅途,你的叮咛

我要画一张画给你

画月亮,玉兔小声的叹息

画云朵滴下的一滴相思泪

我还要为你画下闪电,我就在闪电之上

想你时,就有雷霆

让千里之外的你

远远地欣赏我,像欣赏远古的兵器

黄昏时分,我飘落在海的一角

太阳把云朵印在海上

仿佛是你的身影，白得像雪

你对我说，"早点回家"

我在路上，同海鸟一道掠过水面

同红鲤鱼一起向你

靠近

亲，我离你越来越近。什么地方不重要

重要的是，你在想

一盏灯火在想我

2016.03.23

也忆海子

我想你的时候,会想起

"面朝大海,春暖花开"

铁轨碾过,可疼

两具钢铁碰撞的声音

成为两个世界的音乐

春天刚刚开始

春雨抚慰的,是冰冷的陵墓

把自己流放到另外一个世界

如此疼痛

痛得深夜的风染上了红

痛得星空开始悲泣

痛得一群诗人

与你叠在一起

睡去。我知道,他们不是海子

真的想找一条通天的大路

在某个早晨，看你洒一路星光

给一路追梦的人

他们或许看到了光

看到北斗星毫无悲伤

2016.03.26

古槐树

故乡院子里有一棵古槐树

高大,繁茂,恬淡

每到五月,满树的白花

一串串,新且嫩

一个不懂爱的少年,总是摘下它

有时它是我的花环

有时我放它在床头,枯萎

白雪一样的花香

多少个夜晚,把我醉倒

老了,老了

我也曾有过诺言啊

它变得与槐树一样沧桑

甚至忘记了开花

白云不随蓝天，绿水不逐青山

蝴蝶还在飞

蝴蝶还在寻找曾经的花朵

大而香远

每一朵呐喊都是沉默

每一朵疼痛都是遗忘

它叫村庄，叫槐树

叫没有

我在锦绣里孤独地等待

能在这个城市，想起

它最初的模样

2016.03.29

我选择了风

我选择了风

风的身体和我一模一样

我自由自在的时候

它也被爱掀开一角

我冷若冰霜的时候,它也一样

它也一样刺骨

仿佛是厂房里寂静的机床

安静了一下午

我把风细细打量,它的身体里挤满了

长啸,嘶鸣,安静

它也把我细细地打量,我身体里的刀刃还在

粗暴过,温柔过

我飘落在风的眼眸里

我喜欢风的样子

她是我散漫的长袍,是我驰骋的坐骑

她在那里,家在那里

风的世界,一定会有一弯孤月

爱的乐器

想你的样子

就是世界给我的样子。我选择了风

我将被风热爱

被风所伤

2016.04.01

一树花开

追逐一场雨

邂逅了一树花开

玉兰花仰起来的脸,在雨中

冰若肌肤的花瓣

盛开的,快要开败的

寂静中谁落花满地

寂静中谁的泪水夺眶而出

从北往南的路有些酸,有些甜

我沿着你留下的花语

无声而至

此刻的街角

一只黑色的大鸟在争夺

我桌上的面包,酒保温和地赶它离开

我却希望它能和我,分享早餐

正如我,总是期盼着与你分享

雨,太阳,树,花朵

它们让我想起那个春天里

肆意生长的幸福

横冲直撞的梦想

那些无处安生,却无处不在的小动物啊

我思念

留在我漂泊的身体里的家

我思念,一场雨

一场雨中的树

2016.04.04

我的痛

第一次遇见你
我就想以你的名
为你立国。我想把我所有的快乐送给你
可是
我的颈椎
这让我咀嚼、吞咽疼痛的颈椎
和无情岁月不一样
和机器的撕咬声不一样
这种痛来自一种占领
我常常把这种疼痛,传递给你
唉
这痛,已经长成我的亲人
每天我用麻木的手指抚摩它
我丈量我的颈椎

仿佛丈量王的神器

有什么地方,一定有什么地方

在战争中遗失了一角

沙漠,戈壁,大海还是天空

我的兵器,我的将士

每当我转身离开,无论征战多远

你都告诉我,回来吧

战士的归宿是战场

我是王,我也是将士

我要带着痛行走

我与它待在一起太久了

如果我还能够赞美

因为我一直被痛拥抱

被你的快乐期待

2016.04.09

我的热爱

盯着你看了很久

我要离开你,这里的空气

窒碍,坚硬,冷漠

我离开的时候,北斗黯淡

如同可有可无的背景

而月亮

为一棵树的孤独而设

应该生长在大地上的桂花树啊

却到高处去

仿佛想拥有一切

摆脱一切

凌晨的光指引着我

远处传来的琴声愉悦我

抑郁的身体,苟且的身体

有了一丝幻觉

误以为天是蓝的,树是翠绿的

小动物自由地穿行

漂浮不定的美,如此不真实

即便她与我肌肤相亲

与我有一样的忧愁

到远方去了

我体谅昨天,也体谅今天

再见,那些我一年一年努力的事物

那些我攀越的高山,嘶鸣的机器

清晨向我啼叫的鸟,花朵

再见了,我的净土

如果有一天,你轻轻地呼唤

我将穿过繁星,穿过月升日落

出现

对你不舍的爱。因为你

我学会承受一切不能够承受的

学会热爱你的尘土，热爱你狭窄的空间

甚至热爱

我即将死亡的未来

2016.04.13

雨一直下

雨一直在下
琴声，在夜风里湿润
三盏橘色的路灯就这样
静静地陪伴

这个世界让我厌倦了
就像在春天里我看到的月季花
不分时节的美
我把她栽植在小院中
她的香气布满小径
浑身的荆棘时常刺痛
我疲倦归来的身躯
唉，这隐藏在美丽之下的无情
在倾情和憎恨中交替

有什么可以留恋的

人到五旬,我才醒悟

这耗尽了我一切的世界

终究是荒凉,终究是聚散匆匆

我不像一个族长了

我站到了鸟群的高度

我要不谙世事,只发出几声鸟鸣

我背负着昨天,怎么拥抱今天

是忘却古今的时候

像打坐入定的人

我与青山,一动不动

2016.04.15

我思念风暴的味道

在赤道临近的地方，阳光

是我片刻的留恋

房间里潮湿，喜欢的山水都已看过

海水咸涩而暧昧

和她们谈论的话题

没有风情，也无关风月

战场的硝烟和血腥

已被咖啡冲淡

战利品的去向，无关紧要

我死后的庄园，充满了沉默

点燃的八卦图

自然可化解煞气

一只蝴蝶不知从哪里飞来

窗外已是大雨磅礴

淋湿的花不再是它的驻足

我是风的孩子

我思念风暴的味道

思念风雨中的花朵，被打碎的花蕊

它曾有过怎样的挣扎

犹如我此时的挣扎

2016.04.17

雨

雨穿过夜空,万古的宁静

你悄然地尾随

路灯下

我牵着女儿的手

你用

轻轻的滴落声提醒我

走进三十二楼

你来了

如此急迫

如千军万马驾到

你的味道飘洒在我的身上

淋湿了今夜

闪电,划过我沸腾的血管

雨来了

风就来了

和你的约定

不管风雨

2016.04.18

鹰

在山崖的断裂声中

鹰折断了翅膀

它的头低垂到胸口,生死之痛

在风中掀起热浪

没有人好好疼过它,它也没有好好疼过自己

飞翔的爱恋,不知疲倦地飞

它眼睛见到的是大地

一道道伤口

它遇见过雨神、雷神和天使

它孤独地飞啊,默默地苍老

它想呼吸干净的空气

自由像一丝飘荡的哀歌

它挣扎,孤零零

往生的力量,不曾破碎的希望

鸟神的召唤

不敢想象一只鹰的死亡

该多么的伤心

它钻进我的筋络里,我把我的翅膀送给它

我把生命写成了使命

今夜,鸟神降临

它再度年轻。我孪生的兄弟

有些饱满,有些招摇

2016.04.22

谷雨之后

谷雨之后

无数少女正在梳妆,赶赴一场

夏日的约会

高大的厂房,机器停止了轰鸣

我轻轻地坐在装配车间的压墩上

让自己睡在机器中

世纪的交替

众神已经离去,技术开始诞生

传道者自然死去

远古的念想,电机鸣响

群鸟漫长的抒情把我叫醒

我不再用诗歌去填饱

它们的饥荒

我不会轻易被打动

一台台机床提醒我

我用白发提醒我,守住冷暖的

清脆动听的飞轮声,它们舞蹈

仿佛最曼妙的女子

每转动一次都把我缠绕

一春的精华凝聚此时

最后的甘霖,洒落

此刻,我与草丛中的蒲公英一起

在研发中心的窗台下

倾听消逝好久的寓言

百鸟齐飞,铃声叮当

清脆动听

2016.04.24

我走进你

我带着细雨,走进你

路上的蔷薇和蜜蜂正在拥抱

花粉湿了又湿

问候早安的人从我身边路过

你问我来自哪里

我来自很远的季节,很久的早晨

来自天空和深渊

暴风雨的传说很陡,闪电

是我开启你大殿的钥匙

你看我一眼

我的心就流过一阵刺痛

这痛,穿越我受损的颈椎

穿透我的指尖

我需要一个生死的折磨

风暴的苦刑

需要你的好月光,于我衰疲中

将我吞噬

2016.04.28

液压机

在天之下

在我之上

不会屈服的身躯

无论多么伟岸，也要高高抬起

用线切割落下你曼妙的体格

在飞溅弧光中用火熔就你的体魄

数控精准到纳米的雕琢

以至你细美的肌肤

散发出诱惑诡异光褶

所有的液压系统、电机、泵阀

都伺服在你的身体里

欢乐了，巨大力量的源泉

穿上战袍，你就是万机之母

那入海的蛟龙，上天的神舟

驰骋的高铁、汽车

都是你血脉的传承

每一次降临

每一个生命的诞生

一路向北

2016.05.03

我在夜色里找寻

我在夜色里找寻

鼓楼。只看到了钟楼

青砖堆砌的历史

掩盖了太多陈旧的时光

陌生人太过拥挤,媚俗

姚记炒肝对面的小酒吧

喧嚣的激情压满狭窄的空间

嘶哑的声音来自远方

呼唤在东方街肆的井市

烟火的深巷,随意摆放的物件

占据了行人的街道

散步的人已无处落脚

满耳只剩疲惫与告别

灰暗的街灯，是夜色唯一的温柔

陶醉如心的歌

我看到远方的绿洲

大地的干净。泉石一样的朋友

2016.05.16

我的背负

我背负着巨大的十字架

这里装着别人，或者自己的许愿

还有陈旧的哀怨和呐喊

说不出的苦

不知从哪一刻起

我想找一泓湖水

洗涤这杂乱的人生

我想找一块阳光的草地

晾晒这霉烂的文字

我路过的山花啊，都病了

我像只野狗嗅出死的气息

唉！我有什么奢望

有何等的奢望

经历过的苦难,这岁月

太短,短得想去爱

太长,长得爱也苦累

就像一切从未来过

就已经逝去

2016.05.22

记

站台外,枯萎的芦苇

如同翻来覆去的账本

在夕阳中演绎这一季虚伪的收获

风的脚步零乱了

人潮奔走,想念白马

想念群鸟飞越的草原

乌黑的长发

我要远离水晶般的写字楼

不再和面具人看眼花缭乱的数据

讲着言不由衷的话

逃离

在纷繁的忙碌中收拾一份属于我的

孤独

找一个记忆的地方

更远的远方,一个不设防的城市

把所有的烟火都点燃

听河水开花的声音

不要结果,只为遇见

2016.05.23

叙述

雨,又慢,又静

多么小

却淋湿了一夜的夏梦

散落在窗外的是一山的雾水

散落在窗内的是那些白纸黑字

煮一壶茶,茶叶在杯子里

多么庄重

失手打落的壶盖

被炉火缠绕着孤独

昨夜闯进的院子里的小狐狸

只一刻,就消失在密林中

风雨雷电,来过

又拐向远方

豺狼虎豹来过,如今只剩下

昨日的嘶吼,不远的江湖

沸腾了,和茶叶调情

这茶一定很苦,像一场艳遇

在我童年的银幕上

那个女子喝着茶,那样子

一片茶叶就可以划破她的心

男主角永远把心刻在茶杯上

装着坚硬的样子

散步在人群的目光中

2016.05.26

第 91 页

我的女儿，捡了一片叶子

告诉我收好了

送给妈妈

我把它夹在儿童书的 91 页

与一棵树待在一起

她喜欢的树叶是我爱的雨滴

我不能捡一滴收藏

于是，我总是把自己放在雨天里

那些我曾经放飞的闪电，雷鸣

从我想去的远方

搭载着雨水

乘风归来

所有的远方都只是向往

所有的远方又都在当下

在女儿的那片树叶里

在91页

2016.05.29

雨夜

雨。淋湿了夜

每个梦都被雨打湿

我的雨水为什么总是淋痛我

每一次雨,都是一次集体默哀

把我变软

让我在夜色中赤裸

在匍匐的文字上

哭泣

星星的火苗在青空中,被扑灭的

顺流而下的,是谁的泪水

仿佛我丢弃过的

一串串水珠

藏在水珠里的人是谁。我不敢触碰

总有东西经不住触碰的啊

就像爱情经历了一夜风雨

有时候,一碰即碎

有时候,成为灵魂的水晶

2016.06.02

昨天的风,吹落了花朵

昨天的风,吹落了花朵

它不知这是我耕耘多年的

母亲的园子

花色落尽

我拾起一牙花瓣

并无一点香气,并无一点忧伤

它沉默

我知道,枯萎是许久的事情

谁没有过红色的年华啊

这年华,红得惊心

这红,刺伤过我

我的诗句跌落在红的花丛中

唉!我的灵魂

有时候和春天不是一样的颜色

有自私的,有欲望的

有无序的……

这是什么颜色,我不清楚

我的文字和图画在说话

有时候睁着眼说,有时候闭着眼说

它们假装从未见过昨天的风

假装风不曾吹落我的红

我的花朵。爱情

2016.06.08

花，开着

花，开着

草，绿着

天，蓝着

可是我的心却是灰色的

那盛开的幸福在哪里

那干净的天空在哪里

《圣经》上说，我们都是迷途的羔羊

我却总以为能看见远方，看见明月

不知从何时起

每个清晨

我都会小心翼翼地走在自己的花园里

因为花朵会开出狼群

小草会长出兽性

它们在我的身边

等不到我的喘息,听不到我的呐喊

它们就把我吞没

大地,会把我反复舍弃

我用什么来抵抗时间,抵抗这一切

这不敢勇敢的人生

有时死于花朵

有时死于满园的绿

我更多的苦难。是死于不敢

死于迷途

2016.06.12

叮咚……

这雨有些苦

这雨夹杂着夏日的沉闷

这雨轻轻地打在车窗上

这雨只剩下一片模糊

我追着雨,起初感觉它美

它在我头发上闪光

在我脸上作序

忽然间有了失去的恐惧

于是,我努力地奔跑

穿过长长的隧道

雨停了,只剩清爽的味道

低垂的世界,挂满了雨

像一个多情的女子

给我赤裸的生世

饥肠辘辘地舔一口山里的雾

不自觉地和自己说几句疯话

雨,快来淹没我

把我的爱情洗干净

它正艳丽,在夏日的阳光中

抖落浸润我的嘴唇。千年的雨

这感觉,不去远方了

我要住在一滴雨里,落下。叮咚……

你一定可以听到

叮咚……叮咚

2016.06.13

我端坐在 1761

我端坐在 1761
写完最后一首赞美诗

货船和游轮穿行在黄浦江上
它们呼吸急促
空空如也的甲板掂量着江水的浑浊
未来资本的牌匾悬挂在
高楼顶端,默不作声
江水的味道早被吞噬
在迫切登场的霓虹灯中
你的风景是昨天的故事
明天的往事
嘬一口江边吹来的风
跌落的声音

腐朽了水中的时光

天亮后，我的青衫遗失在1761
它迅速锈迹斑斑

2016.06.16

天堂寨

从斑竹园的路口跨过小河
一路向西的诱惑。古老的爱情
走过白云注视的山道
通往天堂寨的路
清香,崎岖,漫长
神灵的召唤让我寂寞
道路的悠长让我犹豫
过白马栈道
高处的白日眩晕我所有的念想

天暗下来
众多的面孔已经模糊
我在万年的草石声中
睡去

苏醒的山谷,布满三生石

等下一世的修行,春天的诗句

掬一杯九影的瀑布

醒前世的迷梦

吊锅,土酒

所有快乐的,原谅的,不原谅的

都已回来

都已远去

2016.06.18

月色包裹了深宅

月色包裹了深宅

爬上空洞严实的大屋

一个女人

她手里的烛影

水墨画一样写在灰墙上

她读砖缝里的祖训

读着读着就老了

月色不会把她惊醒

她的漂亮千年不变

月色,算不了什么

我执一壶浊酒

坐在大门口的台阶上

独饮

说她听不懂的情话

写一首老去的诗

那扇不曾打开的门

隔离过所有。梦,绿色,阳光

她一定无力推开这门

我也无力推开

这日复一日的生活

周遭的树木落下旧叶

它轻轻遮蔽,我错过的遇见

2016.06.20

江南的雨季

江南的雨季是夏天的坏脾气
是你的坏脾气
亲,是你任性中一不小心的
肆意和泛滥
这世界不可能没有雨
但是,太多的雨使我无法行走
有时候我像一只甲壳虫
摔倒在泥泞里
拼力地想翻身,折腾了半天
却永远是仰面朝天
有时候我是燕子不知疲倦
来回觅食喂养孩子
尽管,那么远
在雨中,我飞啊

仿佛一个折翅的男人

寻找已更加困难

有时候,我是一只蝴蝶

要用三代生命完成一次迁徙

总是雨

汹涌的洗礼

我忘记了昼夜的变化

甚至以为白天的劳作不是为了

夜的沉睡和静谧

万物沉寂

唯独我还瞪大眼睛

听雨

2016.06.22

氢,新能源时代

这个清晨

遇见了埃里克·德维尔

知道你居住在

西伯利亚,澳洲

山坡,岩缝和海底

你是人类认知的最轻的元素

点燃后无色,无声,无嗅

最终化作上善的水

那个盗火者

普罗米修斯的火种应该是你

怎能是丑陋的石油,天然气和煤

还有他们燃烧污秽的空气

如今我们找到你

在远古的岩层和你对话

你和水完美地转化

就是上天设计的轮回

你不声,不响,不争的数万年

静守未来

我屏息,听见千年的祖训

大象无形

2016.06.25

铸钢件

中频炉缓缓升起

平稳地把彤红的钢水注入钳锅

石棉探针测温显示在 1645

片刻的迟滞

滑道,关闸,入位,上档

站上庄严的点将台

所有的模具,模芯整装列队

迎接仪式肃穆的洗礼

不偏不倚地浇铸

在火的沐浴中进行

测重,测液面,控温不差分毫

砂芯和你浑然一体

静默地降低热度

步入深沉大地

当滚道再次提升

铸锭的分离

就是新生的脱胎换骨

2016.07.02

乖

从两万英尺的高空降落

舷窗,左边风雷,右边灿烂

我惊诧于天地万物的玄机

给人以视觉的冲击

我的思绪停留在刚刚看过的空中影院

一个自然生长的女孩在未知中

被战争左右,生死在一念之间

不是所有正义的过错

都可以被宽恕

不是所有同情的眼泪

都可以被原谅

从来没有群体的平等

公平的左右,仿佛此刻的机翼

飞机降落在沉睡的大地,大地被惊醒

我听到一个婴儿的哭声

来自我后排的位置

他的母亲哄着他,说着乖

2016.07.07

凌晨

凌晨两点

急促而又兴奋的鼓点

敲醒原本难眠的我

楼下阳台传来

亢奋的音乐

与这公寓极不相称的高谈阔论

天空中,夜风追逐着夜风

星星被吹落到更远的地方

冷眼旁观

我似乎听到血液里召唤的的声音

像经幡在飘动

2016.07.09

想念一个人的花园

这个离天最近的地方
烦闷的房间远不及花园凉爽
新加坡的四季已失去了分别
所有的树木,花草,竞相绽放
没有盛极而衰的痕迹
就像一首漫长的诗
长满了虚伪者的繁荣

记忆深处的角落,在我的故乡
有一块黑土
阴暗,潮湿,寄生很多奇怪的虫
我每天洒扫,洗去花朵的灰尘
它春天发芽,夏天生长,秋天结果
冬天,它在暮色中枯萎

多么分明的世界啊

仿佛我的爱憎

坐在这个没有枯萎的国度

想念一个人的花园

想念一朵枯萎的百合,她发出的乡音

那么新鲜、整齐

又那么失落

2016.07.21

天边的归宿

还有半个小时

太阳就会落下去了

它落下去的时候,在海和夜之间

这个赤道边的国度

海不敢高声,它平静地流动

山不敢长高,小土丘

没有南方入云的峻岭

没有北方神秘的苍茫

胡姬开在这里,艳丽

月亮看着她

她们相互凝视,眼波婉转

如同诸神流淌,童话般的宁静

偶尔用手触摸她一下

我感到心的悸动和莫名的惆怅

那些我曾经迷恋的风景，一触成灰
我注定是要远行的
仿佛一只命定的飞鸟
只能与太阳举案
月亮齐眉
我在这里等待天明

2016.07.22

现代水墨

色块覆盖了天空

你小清新的笔触荡然无存

你的容颜已是惊艳

风月不来,柳枝不来

没有一丝的无聊,只是你

冲击我的视觉

巨大的窗幔坠落

炙热的阳光没有顾忌地穿射进来

一只倔强的鸟想飞出烧枯的天空

终因无处息脚飞回树荫

屋檐里的十几张陌生脸孔

竭力想挣脱什么

你的画面

山水流淌

冰雪情怀

酷热难当的七月,你想给昏眩的暑人
天籁的清凉
我感受到雪,它们如此真实
就像我感受到幸福
慢慢发烫,慢慢安静

2016.07.30

我的兄弟

这个炎热的夏天

我和你万水千山相约

仿佛,你是我失散多年的兄弟

许一百年的愿吧

我们把愿许在酒杯里

一喝就喝下一段江山

我们把愿许在七月的阳光里

你照耀我如同我照耀你

我们把愿许在前方

百年相守的工业像是接力

也像新生

我的兄弟啊

没有国界,没有地域,没有高低

也遗忘年龄

只有梦

用手去做,用脚去量

来,我们饮酒,杯莫停

大醉之后,我们更清醒

走,我陪你骑马,远行,看日出

登山去

2016.08.03

夏日的落叶

那枚即将落下的树叶

静静地挂在枝头

一丝风就可以把它带走

就像它曾经赞美的春天

它想永远睡在树上

忘了疲倦,爱

抱紧曾经的岁月

几只蚂蚁爬过,噬痛了

它已经干枯的肌肤

落下来了

它落下来

不是风

是蚂蚁带来的疼痛

整个下午

我在树下徘徊

我也感受到一种痛

还有看不见的一排排

2016.08.08

什么也不会失去

在新开建的工地,焚三炷香

敬天 敬地 敬过往的生灵苍生

机器已经开动

它将吞噬这里的丘陵沟壑

埋葬树上的几只小鸟,它们好听的歌声

我多么渴望这巨大的机器

它能吞噬我此刻的惶恐

遥远的记忆

那群亢奋的人

急不可耐地在开拓

那群亢奋的人

要建一座貌似坟茔的新城

他们要用墓穴装新的历史和糖

一簇野生的芦苇安静地看着人群

一群失眠的青蛙安静地看着人群

一湖红鲤鱼安静地看着人群

它们仿佛没有过爱人，朋友，儿女

它们仿佛什么也不曾拥有

什么也不会失去

2016.08.16

不只是

不只是,旷野里的风

吹散了乌云

不只是一只孤狼,数日无眠

独守这半山月色

不只是八月的荷花,倩影婆娑

它们低语,在我的眺望里

不只是一个男人,纵横山河岁月

无意间,惊起风花雪月

惊起你骨头里的琴弦

在深夜弹响

一滴泪也会击破大地

一丝音乐也会让我千疮百孔

不要让它们落下

我要把它们埋藏在细数的经文中

你冷艳的钟声里

我融入了秋天。把果实埋藏在秋天

它们会腐烂,会折断我的思念

来年,也会发出回声

新的枝头,长满鸟雀的叫声

把我轻轻覆盖

2016.08.22

刺

走出大山才看见大山

秋日的山峰是真实的

与我一路同行的荆棘是真实的

那根扎在我背上的刺

很深,是真实的

它成了长在我身体里的一根骨头

陪我一路行走

把欣赏走到不堪,把喜欢走到负担

把理解走到误读

它在我身体里咔咔作响

我甚至摸到它,躲在颈椎里

我抬起这沉重的头颅

我得抬起那根骨头

每当我前行,就不断有刺

涌进我的身体

我的身体不止206根骨头

这么多刺,我常常拔出它们

却又生出兔死狐悲之感

这么多刺啊,最难拔出的是母亲那根

记忆里妈妈的菜篮

那根扎进我食指的篾纤

恰似一抹乡愁

直让我痛到现在

2016.08.28

归途

一队镰刀形的鸟正在经过我的村庄

归途

再一次被划伤

我迫不及待地找出记忆

红土地,住满麻雀的大树,寂静的溪水

飘落的纸笺

年轻时的母亲,她蹲在灶门煮饭时

漂亮的火焰

如今都成了我心里的石头

我不能喊出你的名字

一喊那些旧魂就要飞起来

一喊我的心里就炊烟滚滚

我一喊,三千三百丈高的思念压顶

今天,我回来祭祀祖庙

它已经破败,已经把我忘得干干净净

一辆破旧自行车骑过

小街的铭文了无痕迹

青衣河的水,已经浑浊

人去也,我冰雪的爱人去了哪里

她的眼睛在月光下爱过我

她的手指在绵绵之夜清洗过

我的诗句

我无法背负太多的东西

尤其是你青衣上那只蝴蝶

轻轻地感伤

可是,我还是要问

这青衣,可还需要我来为你缝制

这归途,是否从此除去了陡峭

爱

平坦如初

2016.08.31

孩子

风不是我的

月不是我的

夜也不是我的

溪水翻着浪花

小树摇曳步舞

飞鸟轻吟歌唱

它不是我的

爱情从云端洒落

北斗星闪烁在广袤的夜空

它同样不是我的

孩子,你牙牙学语向我走来

你乳香的手臂环绕我

花神，你是我的

太阳在燃烧，她不是你的

2016.09.04

我像一个农夫坐在谷堆上

我像一个农夫坐在谷堆上

坐在秋日的早晨

一群正襟危坐的人坐在我面前

一群庄严的华服者坐在我面前

一群貌似人的东西坐在我面前

他们听我讲田里农事

举镐弄锹,种瓜点豆

我告诉他们冬季如何施肥

明年才会五谷芳香

我在我的憧憬与他们的附和中小睡

我睁着另一只眼睛

看他们

他们偷偷摸摸

迅速装走了所有的谷种,逃走

甚至稗子

也没有给我留下一粒

我无需叫住他们

想拿就拿去吧

来年，我就种下自己这枚种子

在一小块荒地里。开花，结果

他们还会来

还会正襟危坐在我面前

又一次听我讲农事

这次我要多睡一会儿，甚至很久

或者永远

2016.09.06

无题

炎热的中午

那些鸟儿飞得那么高

我担心太阳会点燃它们

成为一群火鸟

甚至我会想它们落下时

会把整个世界烧得

干干净净

会把我烧得干干净净

2016.09.17

远方之远

白露了,秋雨还没有来
静静的山谷,空气是湿的
我的心是湿的
你踩着轻松的白和灰走来
秋风在赞美你每一根发梢
杜鹃在嫉妒你
天空在发蓝,发颤
欢喜写满你的全身
我这个匆匆赶路的人,马上像草木一样
伏于道旁
唉!我已失去言语的技巧
在心的一个角落
凝视雕像一样的你
等露珠出来时一滴一滴把我淹没

等你打开《诗经》时

把我的魂留在你的书页里

我不敢移动半步,我一移动

我的魂就会丢失,你的诗句就会变成暴雨

你的叹息会将我折断

白露了,露珠还没有来

是风把它带到,远方之远

也把我的思念带到,远方之远

2016.09.21

秋思

整整一个上午,

几只蚂蚁不停地在梧桐树上

爬来爬去

整整一个上午

我待在梧桐树下

画梧桐叶

深绿,浅黄,绛红……红

一片叶子落在我的身上

它经过我

有些犹疑

这经过的是风声还是爱情

我拿着画笔

想画一个湿润的声音

多情的,来自她的声音

我想画秋风拂面啊

我每画一笔，秋风就吹过我

磅礴的爱

正在到来

我抹去一笔，秋风就停了

它在我的画笔里溅泪

在喃喃自语，人生终究是

良辰美景

虚设

2016.10.03

我的病

我的病写在纸上

那些碎片,我试图从中找到我的病根

其实纸上哪里有病

即使我看到双目失明

也没见到了病

有时候,我的心痛了一下

一寸一寸地痛

痛的病毒让我不知道哪里有病

也不知道哪里没有病

病的地方不少吧

所有的肌肤

我这样抱着病坐在沙滩上

等夕阳落去

海水伴着黑夜淹没我

那些昏暗的沙子抚摸我

最早来临的，天边的阳光

高出海平面一寸

金黄色的一寸

多像我痛的那一寸啊

这不朽的痛

在不朽的时间里

慢慢地死去

慢慢地

2016.10.04

可能

凌晨两点

从睡梦中醒来

阳台上看出去的夜

亮得让人不知所措

难道夜也会失眠

夜空隐约的雷声

不及我骨骼清奇的声响

骨头响一声,雷声就会近一点

我转动身体,雷声就在转动

闪电从我骨头里蹦出

随后是雨

清洗着夜,清洗着夜的黑

它把夜洗得干干净净

它把我洗得干干净净

我可以睡觉了,夜也可以

夜行的天使可能会

避雨在我的肩头

可能会在我的肩头,待到天明

2016.10.09

嘟囔

下午三点
十楼的电梯口
一个西洋的女人手拿卷饼
塞满了嘴,嘟囔着约会的时间到了
阳光直射的小道上
擦肩的女人,戴着口罩
嘟囔着听不懂的歌
校车驶过,丢下背着大包小包的孩子
他们嘟囔着我听不懂的单词

散漫的我走在不知名的街道
嘟囔着不知名的去处
这虚无的世界,唯一不消逝的
或许就是虚无

2016.10.10

霜降

早晨6点,在一场雨中醒来

它们如此盛大

打湿了整个秋天

我总把雨当成我的艳遇

在梦幻的城市里

我冒雨前行,我的毛发被雨和风吹动

亢奋

无处安放的思绪

随着雨直抵我的肉体

它穿过我的毛孔、皮肤、骨头

这身体,如同秋天

秋天空旷,秋天果实累累

秋天从未捎来

她的任何讯息

陌生人,我不想给你说

她的另一面

比野兽高贵,比天使卑微

风吹过,我在每一片落叶上写

那个曾经开口,又闭口不言的人

风会带给她我的流水

我的落花

2016.10.23

失眠之秋

我在等待我大梦之后的坚果

我的梦是灰色的

如同半梦半醒之间的咒语

它停留在我困倦的脸上

它让我的脑袋沉重地醒着

它让我的肉体拥有醒着的累

失眠之刑是世界最苦的刑

受难的人在房间走来走去

星群嘈杂,诗歌嘈杂

我像个负重的攀岩者

一生的大梦

停留在空,仿佛天空

青涩的果实

啊!谁也不曾绑架过我

除开时间,我把时间用旧

我把爱用旧,我把我用旧

我把昨天今天明天

全部用旧

放下了包袱的夜,我睡着了

在清华校园的早上

读书声把我吵醒

谢谢。这风铃一般的声音

2016.10.28

路

这一条走不完的路

我还要走多久

走裂的脚掌,把黑夜和白昼分割

黑暗之神在夜的星空布下

看不懂的网

我想赶在北斗星坠落前

走完这条路,穿越几千年的沙漠

一个少年唱着歌走在我的后面

勾起我的忧愁和悲悯

你从哪里来?去哪里

可怜的孩子,人生的苦旅

你要重复吗

天边的苍鹰,前方的狼群

护道者在路旁祈祷

他们守护行者，守护不曾有的捷径

伪善啊，谁可以守护谁

风吹过来，大漠安详

没有远方的呼唤

只有匆忙的脚步

只有我大踏步

把路走宽，走远，越来越远

我感慨不已

尤其是我把它走成一个句号的时候

2016.11.05

致余旭

飞在空中的你
装点了星空
孤独的太阳

与鹰同行的世界
你是最动人的那位
光之女神

受天雷的洗礼
用霹雳之声
把你带走

金孔雀
众神为你高歌

2016.11.13

错失

冬日,夜色早早来临

风从四面八方吹来

一棵树,一群树,一城的树

叶子在掉落。不能回归了

眷恋,在昏暗的枝头

绿色的,黄色的,枯萎的

在暮色中。归于尘土

有些柔软,我想说出

却住了口

有些信仰,我想画出

哦,没有颜料了

我心里有那么一些图腾,在穿梭

诡异的声音洒落在寒冷的

大街小巷

有时候我想念雪

有时候我想念一个人

想念一首百合一样的歌

它向我飘来

我退后一步。都错失了

只有错失，才不会辜负

2016.11.22

在小岛

小岛的冬月,是金色的
一群颈项如雪,雕饰华美的女子
走过。宛如错位之秋
我错位的时光
悬落飘逸的和服让人情迷
小酌的清酒米香一刻的清醒
梦里,我饮了一口一滴入魂
浇灭烧醉的喉咙
我把一瓣一瓣的心情
拼成樱花的默念
说与佛听

佛说,哪里的温暖,你可记得
哪里的寒冷,你可忘记

2016.12.01

一粒种子

我翻省了每一块土地,居住多年的乐土

给每棵树取一个好听的名字

在它脚下撒满种子。想着

春天就好。快春天了

这些种子,居住在我的胸口

我的身体就是它们的粮仓

它们在我身体里和我对话

带着我的温度成长

我在忙碌中播下宽容

接纳所有的生灵,它们的繁荣

野猪与鲜花,狐狸与公鸡

有一些法则,让盛宴成为一纸童话

在风中落下来

我筑起的篱笆,在岁月的空虚里

不再温暖

见过多少风景就有过多少不舍

有过多少憧憬就有过多少逃离

哪里要繁花似锦。空山

才是我宣纸中最重的一笔

哪里要天惊石破。万物安静

我才能够听到

种子,狮子一样的咆哮

在我体内生长,开花,结果

它甚至把我也变成

一粒种子

2016.12.04

建仁寺

花间小道的尽头
建仁寺,一个古老的寺庙
和我的名字差一个字
原本无心的进入
都是无意的偶然
一棵树,一摊砂子,一方庭院
讲述地,水,火,风的禅意
画在纸上八百年的腾龙
祥瑞每一个虔诚参拜的人
我看到不同肤色的人
赤足走在这风雷屏蔽的乾坤里
忘记来去,读护法的画
枯叶没有打动的心
在这一刻木然
有些遇见,恰好就行

2016.12.05

天真冷

天真冷
站在外面连骨头都是凉的
雾气笼罩的山林
我想象有一间烧旺了炉火的小屋
引诱我不明就里地闯入
没有光的指引
我膝盖的伤口还没愈合
腰间又多了一块淤青

行走在丛林
我不敢辜负流淌的山泉
雪地里冬眠的呼吸声
前行一百里
偶尔我也要弯腰。把自己低了又低

2016.12.18

灰

空气是灰的

不辨方向,方向也是灰的

在这千年的古城

找寻那座被称作桥神的石拱桥

河面存冰了,天是冷的

它被几堵腥红的墙圈在园子里

连同李春的塑像

传说中的八仙

被圈在灰色的天空里

河水流不动了,河水是灰的

这世界披了重重的灰

旁边的柏林禅寺

开放了每个院落

关闭了每个殿门

苍郁的柏树平静地注视

过往的赵州

过往和宿居的众生

2016.12.24

暴风雪

一场暴风雪的旅行

远处的风景变成了事故

天沉下来

雪块铁幕一样压在无法喘息的大地

它在黄昏降临

极尽轻柔,却力量凶猛

它随风咆哮

世界在逃避它的追逐

我无法呐喊

凝滞每一个前进的脚印

站台上堆积着风,堆积雪,堆积人

堆积我的远行和归途

你没有预期地出现

只有风暴和雪灾

证明世界还有一种美

美得残忍，美得让我随一片雪花

飞来飞去

2016.12.30

欠

这鼾声和着喉咙的嚣声
就像是夜的哀嚎
冰冷,冰冷的路没有尽头
夜风传来虐心的消息
旷野里遗弃的小动物
在寒风里无助地哭泣
我不忍去听,更无力睁眼
被砍倒的树木,叹息都沉重到无声
我枯坐在火炉边
水壶哮喘了一整天
所有的故事都在发生
明年春天
我们都欠这世界一片绿色
一点温情
一个说法

2017.01.09

雾

天,沉甸甸地挂着

雾,还是雾

还是落寞

这似雾、似落寞、似云的东西把我包围

我想逃遁,可我又不舍

这楼,这树,还有这里的你

柔软的压迫,像哀愁传染我

那豆荚落在地上

是黑色的

花开,花瓣的颜色我已看不到,或许是黑色的

光线变得凝重

把人心也凝固了

我知道,风来了天就开了

我不知道,风走了

你能省悟多少

月亮和太阳没有分别

白天和夜晚也没有了分别

只是雾,好大的雾

2017.01.13

春风辞

梦中,我站在云端和众神一道
找寻绿荫庇护的地方
满眼的绿,就在眼前
我放下肩上的重,卸掉我心里的沉
把果子和这一城的思念
种在这绿地里
宏伟的庙堂就在眼前
我丢失的,在千年前的承诺
在这一刻绽放

唉,我早已为你重塑了七层宝塔
在意念中说与你听
佛心安然。你的召唤和着春风
我心安然

2017.01.29

无声绽放

黑夜里,花无声地

绽放。花的颜色是多余的

一条小路安静地陪伴我

小路也是多余的

太黑,所有的喧嚣都看不见

只有落叶。落叶打在我的脚面

提醒一棵树的存在

这荒野黑得跟漆一样的重

一样无序,一样放荡。到处是陷阱

我随一丝弱光

走进丛林。恶狼,猛虎

狐狸,山羊,兔子

它们守护在这里。丛林法则

我把一滴泪放在身后

把担忧和苦难放在身后

只把爱放在前方

雪地里的花随爱怒放

花瓣雨啊,洒落整个森林

这世界五颜六色

我看到白昼。希望的阳光

2017.02.06

过山门殿

山门殿

挂在待建坡地的展板上

山顶的庙堂

薄雾在细雨中缭绕

阴阳就在一棵树之间

穿着僧袍的人

吆喝行者跪拜

供奉在工棚里的菩萨

默默无声

拾阶而上的虔诚顿作

虚无

山涧的溪水流过经年

佛的记忆,他的脚印

抑或虚无

草尖上的露珠结满了昨日的祈愿

三界之间

如果有来世许我鲜明透亮,无须经香满座

许我青衫游走

万物花开,无须赞美

2017.02.09

无语的二月

三只野鸭扎进水里的时候

我离开了。无语的二月,雪夹着雨

想锁住这一城最后的冬

站台上零乱的头发告诉我

风的方向

昨日刚修剪的树木直着腰,梗着脖

雨。雪

似乎它们看一眼,就知道对方

要说什么

冷酷的封条悄然脱落

春的到来漫长而苍白

那棵在冬日死去的大树,没有绿回来

我很怀念,它曾经散发着香气的花朵

在回望的冷风里

它想念过白马,想念过白塔

菩提花开

它终于可以不开了

如此彻底地

走过冬天。我要感谢

这么多年来,它陪伴我

一方村落。风调雨顺

2017.02.10

2月19日过798

天亮以前

看不到前方的路

没有孤独的感觉

只是疲倦

夜里的鸟儿偶尔会醒来

扑腾几下翅膀

带来,满夜满城的风

充斥了愚者的笑声

思想者的叹息

没有什么智者和勇士

在一切的未知面前

人,是弱者

黎明到来的时候

我要和最先看到的光之神说几句话

让它记住昨日的殉道者

给每个前行的人

春的花语,阳光的诗句

2017.02.20

猎豹

那只舔舐自己满身疲惫的猎豹

它被束缚的灵魂

会在夜的铁笼被打开之后

放飞。打开铁笼的手

在哪里

那声长嚎

是自由与星空的对话

奔跑。奔跑。奔跑。我看到无数奔跑

无数有形的,无形的猎豹

它们留下你可以

寻找的足迹

留下风声

在没有睡意的早晨，露水打湿它们的脚印

这风声会轻轻触及露珠

融化在你的指尖

一只豹子在你的指纹里，跑来跑去

2017.03.05

三月的思念

这样的早晨,我走走停停

初醒的春天,在三月里

如此新鲜

迎春花开得有些忘乎所以

未熄的路灯有些突兀

像是夜的挽歌,余音

太多的留念,太多的失落

我走在小道,被晨曦迷惑

我要的好像太多了

注定会伤得很深

明天和昨天离我一样近

可是终究是,不可触及

我停下,如同我停止述叙

没有春天，没有迎春花

阳光把我的昨日融化

又将把明日给我送来

2017.03.13

城堡

总有一些声音

从不知道的方向传来

在门框上,桌脚

还在头顶的天花板

灯台上,都有沉重的历史塑像

走道的画像发出黑色的油光

挂满每个角落的

凶猛动物的首级

张扬着主人曾经的威武

一只飞蛾在飞

在撞击厚重的古墙

不知从哪里飞来

也不知飞去哪里

这微寒的冬夜

窗外的风如潮水般奔来

又走远

旷野的山头的声音

呜呜。呜呜

2017.03.18

逝者如斯

我从东方来,是追逐太阳的

是追逐时间流逝的

它或许不会流逝

就在我打盹的工夫,日头不见了

月亮,我不敢辜负的夜色

把所有的想念放进背包

那些被允许的幸福

在夜风里

异乡的水土,我有些许的不适

我在岸边坐下

把跟随多年的行囊放下

坐在河边

看随波逐流的世界

逝者如斯

2017.03.20

三月的巴黎印象

走在巴黎阴冷的街道

商店似开非开

假面饰品的铺子没有店员,任人进出

那些沉重的建筑

并不比灰暗的天空更沉

行走在街道上的人

没有表情,仿佛戴着面具

又如那些宫殿里的画像

空洞的眼神

来来往往,许多迷途的人

在路口徘徊

这沉重的城市

少去了阳光

少去了生活。只剩

一只灰鸽和灰色的云层混为一体

它带着灰。在飞

2017.03.22

凌晨三点

凌晨三点，从睡梦中醒来
我听见我蛙鸣般的呼吸
如此急迫，如此焦虑
我是否有过，酣睡的夜
谁的灵魂在海边梦游
失忆的眼睛，仿佛离开海水的鱼
他失神地搂着自己
海啸也不能够把他惊动

只是六点的闹钟
这声音，巨大
把一个人从另外一个世界带回
把一个人从另外一个世界带走
永远是，新的旅程

2017.03.24

灰喜鹊的日课

灰喜鹊在广场啄食鸽子的晚餐

长满青草的广场

也长满它们的粮食，鱼肉

它们闻风而动，吃得很快

那些肥大的鸽子

无聊地耷拉着脑袋

仿佛这世界没有小偷

没有灰喜鹊

灰喜鹊飞到后面高大的厂房

鸣叫，喳……喳……喳

对着撒鸽粮的人致敬

它们每天都这样感谢喂养鸽子的人

这已经成了日课

连同车间里轰鸣的机器声

哦,它们每天都这样
喳……喳……喳

2017.04.09

十里三村

朱子的家训记在墙上

借助光,我看到许多的霉点

他们说这是这个村的历史和骄傲

三个村子盘在十里的河道……十里三村

河里有井……井水不犯河水,源自这里

我不知先有河还是先有井

有个老者端着饭碗坐在桥头

碗里盛着米饭和山笋

千百年来食谱,一直这样

二十四葵花堂的房檐,葵花残缺

村里的人和来客谈及那时的辉煌

水车转出的水和河水一样浑浊

又一座老屋倒塌在青石板的路边

老砖是明朝,还是清朝,是唐还是汉

我的手扶在阳光的石阶上

我的手扶的是阳光。还是石阶

2017.04.14

春夜

走进北方的城已是傍晚
这不是我南方的水乡
许多的桥,许多温婉宁静的姑娘
她们走在春夜田间,带我去彼岸
去寻觅很久的后花园
这里是四通八达的桥
困在其中我找不到我要的
天黑了,黑得紧,还有点疼
一阵暗香飘来
那是风中女子抑郁的叹息

我忘记了我为何而来,为何而去
唯独街灯忠实
唯独街灯,一直照亮我的内心

2017.04.25

细小的白啊

蓝底,细碎白花布啊
在我的记忆,满满的幽香
夏日,从一早起
他就在时间里堆砌
用烦燥,爱恋,焦虑,还有忧虑
想起白花,那山岗之上
迎风起伏的爱。开阔而远

他在心头垒起一堵墙
这喘息的生活
这停息的工夫,只能说说今天
里面的明天
他打开紧闭多年的窗户
蓝白花布的窗帘,白亮亮的星星。那种白
细小的白啊

2017.05.19

江南的雨

江南的雨

落在西湖

落在断桥

淋湿了走在断桥上的我

江南的墙

长满了青苔,花窗

隔开的世界隔不断,传说

苏小小在断桥散步

许仙的雨伞给白娘子撑起

也一定给小青遮过雨

万千情丝

江南,雨

迷离了一城的画卷

风月在湖心荡漾

它一直无边

这里来过神仙,美人,帝王

这里来过我。还有

久违的无边的你

2017.05.10

神农祭祀

太阳把光洒在河面上
此刻,我离你很近
小满的日子
他们供奉的三牲,为你的庇护
为此,我的虔诚有些紧张

一只大鸟
叼来果实驻足在神庙的一角
警惕着纷沓而至的人群
他们两手空空
会来抢走食物吗?

河流。山川。树林。不起眼百草
孕育的一日三餐

支撑了千百年的轮回

你的子孙尊你为始祖

和你的对话

是发掘,不停止深深的打扰

打开你安息的宫室,祈求你永不停下来的荫护

我不想知道真相

甚至不善良地以为还有

背后的真相

我祭拜的你,你自在的快活

我大胆地以为这才是

神农的始初

2017.05.22

在欧洲大地

无论飞行在空中

还是驻足在城市的踞高点

我总是能看到光的样子

笼罩着这片黯淡的大地

我看到绿色、黄色,或者我叫不出的色彩

成片的果实

等候收获的庄稼地

那耸立其间的,永远是

无数信仰的十字架

亘古的历史,更久的地方是更多的敬畏和虔诚

圣徒的族群安静地守护

这个地方,羊羔洁白

田野广大

2017.07.09

遗失

我在卢赛恩火车站

丢失了背包。昨夜

我还拉过它越来越疲倦的拉链

今晚

它乡最无助的浪子

身无分文,在夜雨里漫无目的地行走

越走越急

仿佛一个把自己走失踪的人

我的一切

那些纸片上记载的姓氏

没有谁能证明,我是我

不小心成为证件的囚徒

它们一个接一个

流放了我,真的不存在了

原来我只是卡片上的记录

一本护照

此时此刻,我与一只水鸟对望

它性感地伫立在木桩上

它在水里,我在岸上

唯一的不同

它不忧虑身份。我忧虑

从天黑到天亮,又到日落

就要遗失过去,现在,未来

在苏黎世的招领处

它奇迹般地归来

生活又要依旧,依旧车水马龙

我依旧存在

2017.07.13

梅雨季

这一季梅雨来得特别迟
反常的沉闷
哭泣的夜有很多黑精灵出没
操纵它们见不得人的世界
狂欢它们自以为的盛世
找一个靠近窗户的地方
坐下,深深地陷进去
仿佛把一块巨石安放在那里
只有这样,才感觉安稳

麻木的指疼也会把一块石头疼醒
记不得,昨夜我在哪里
一切都是有定数
那些错过的,忘记的
都会等你,在下个路口

2017.07.14

明天的豹子

到斯图加特的时候,夜很黑

潮湿,凉

另外一个时空,还是清晨

从旭日到满天星斗,隔着一个飞机的距离

今天我是浪费了

或者,今天对于我并不存在

我画了一只走来走去的豹子

它透过会议室的窗户

看到一只硕大的黑鸟

一群黑鸟,飞过

它们比夜空更黑,比豹子的瞳孔还黑

豹子静默,它不嘶吼

它一吼会把夜震破

哦

野外，许多的植物，它们的身姿，我看不到颜色

只看到黑

在时差的眷恋里，等候我

只看到黑静的夜

包裹着五彩缤纷的礼物

包裹着我的睡意

我睡下，我睡下是为了明天

明天的豹子

2017.11.10

大觉寺

第五日的黄昏,我走出丛林

微起的寒风,碾过路面

留下一阵叹息

大地也有无法负重的时候

冰面上薄雾轻扬

冰面上将会结出更多的冰

它会更结实,足以承受

我 180 斤的肉体

饿狼的嚎叫从林子深处传来

没能化作森林的挽歌

有些法则是死亡

有些法则是诞生

这叫声,也唤醒我

唤醒更远的大觉寺

千年的银杏树,它静守的庙堂

没有僧侣,没有钟声和高香

一片净土,静得不能再静

和我鞋底下薄薄的冰屑

它们一起发出轻轻的"咯吱"声

2017.09.17

这个秋天

这个秋天,我离故乡有点远

欧洲大陆的天与故土一样

高,蓝

走在古老的河畔

我想到曾经青春的校园,我奔跑

那时我更向往这里

异域的一切让我惊奇

而今缓慢地行走在这里

膝盖涌出,岁月的酸楚

慢。忐忑

如这塞纳河水

奥赛的车站里

千年的砖石,过往的英灵

无声地凝望历史的负重

时间这样的无情

它远胜过战争

远胜过我爱过的古老的街道

那肆意蔓延的藤蔓

杜乐丽花园的栗子树

阳光的碎片

熟透的栗子。撒落一地

撒落我漫步的秋天

2017.09.28

海德堡

不大的城

散落在内卡河畔

你往日的古老建筑

就是这座城命名的学院

置身城的大学，大学的城

它厚重的砖石

薄薄的青春

一个孩子从石缝里抠出青苔

抠出历史的记忆

光从云层里漏下

河倒映着远处的山峦

我想努力画下老桥和半山半废的城堡

找寻久远的色彩

歌德在塔楼撕裂的伤口里叹息

他爱的咏叹调

我不记得历代更替的公侯

只有他的咏叹，激荡

2017.10.06

巴黎

没有铁塔,也没有时尚

十二月的早晨是寒冷的

火车站,早起的鸟儿在觅食

走进一个咖啡厅,我坐下

要了一杯摩卡

转身的功夫我丢失了背包

环顾四周,没有一个人像小偷

一个女孩安静地读着一本厚重的书

她的君主和燕尾服应该藏在里面

一个黑人小心地饮着啤酒

一个老人望着另外一个老人发呆

几个肆意的谈笑者玩着一个游戏

进站口几个异族人

被端枪的军人查验着证件

窗外,阳光穿透云层

散落一地,没有风

山岗上,两棵树站在那里

苍凉,安静

远行的征途,我挂失了信用卡

只能从 police 和祖国找回自己

我的背包在何处?

谁的肩上将挂上它,它曾经如此重

在另一个人的身上

或许会轻起来。轻如他拿走的信用卡

法兰西的信用

可安好

我突然想起冬日的故乡

有一种信用

在我走进工厂大门的一瞬间

它从来不会丢失

2017.12.31

静夜之思

终于把夜睡白了

多少的辗转反侧

遇见过多少星星

我忽然不知道

是我走出了夜

还是夜把我驱离

是谁把我带到了大光明

门前冬日的小树干净,苍凉

树下草尖上的露珠

一滴,两滴,如星星

多像我昨夜的梦境

还没醒来

和你一起笑傲江湖

走不尽的世界

熟悉了的陪伴

熟悉了的风雪。同行者

阳光出来了

雾散了,你在天涯何处

我等待的,是谁?

2018.01.23

南方的窗外

南方的窗外

红色的六角梅在风中抖动

我的影子在阳台上

被灯光拉拽得不成形状

原形,它在哪里?

我的心还在奔跑

走进风雨,和谁作陪

此时,我想到北方的雪

干净的精灵降临那个城市

没几天就变脏并消失

哦,还有什么在消失

一只小鸟极速地穿堂而过

因为惊悚

还是要找寻什么

今夜，我无力入眠

只有把自己深深地沉入大地

心跳伴着大地呼吸

静静地睡在这呼吸里

2018.02.07

戊戌初三

机场的喧闹灯火通明

人们都试图去奔赴温暖的地方

夜色化开

旅行者若远若近的脚步

踩醒冰冷的早晨

挂着白月亮的异乡

我飞越了七个时区,才抵达

我翻开随身的书本

在第 101 页找到一支点燃的蜡烛

准备击节的爆竹

书中烟花此起彼伏……遍地的鼓声

它们,在我手中把鸡年送走

多少轮回啊,古老的风

吹了一夜；古老的人

他们巡游大地

重复着亘古以来的故事

我仿佛旧时代的英雄

踩着很厚的积雪

抵达火炉边，只为点燃摇曳的烛光

只为还是你的早晨

含笑的朝露

2018.02.20

西行的我

一

佛说,西行可以悟道

来得晚,天也黑得晚

它在等我

夜是愉悦的,打开了就不会合上

它将太阳吞噬

掩藏了所有,包容了所有,甚至明天

房间,沉香微煴

春天了

我守着一颗种子入梦

一路上只有路,只有栽种

胡杨没有来,

沙枫没来,天山来了

天池也来了,湖面上的冰在融化

一群鱼对着天山讲话

对我讲话

榆树零乱着头发站在山风里

种子在我怀里

悄悄生长,它生长得如此小心

仿佛不忍吵醒,远行的我

没有悟道,我的悟道

被感谢包围

一粒种子生长的声音

多像我的爱人

2018.03.29

二

这个城，安静得像我多年前去过的
西方。好远
我是来寻佛的。寻佛的清净之音
来到寺院，我更愿称它为佛寨
僧侣们打坐在经堂
阳光打在小街上
让我想起童年
阳光打在母亲的身上，我坐在她身边
村庄，默默无语

要拜见的活佛出门了
他去另外的地方，解救众生
酥油花鲜艳，庄重
虔诚的信徒匍匐在殿前，等待断惑证真
没有佛的指引
找不到庙堂，我仿佛一只盲龟

随波逐浪

高举起祈愿的金灯

我没看见佛祖

绕过供灯的窗户

我听见塔内菩提树的呼唤

似了未了中,我离开八塔

匆忙的虚度留给下一次约定

我说,命

师说,命在手中

佛说,一切皆因果

2018.03.30

注:佛说人身难得,这"难得"有多难得?就如大海上有一块木板,木板上有一个洞,这个洞刚好可以穿过一个乌龟的头。而这时在大

海里有一只瞎了眼的乌龟要浮上海面，而这时又要刚好遇到这块木板，而更要巧到乌龟的头伸出来时，刚好穿过这木板的那个洞。

　　大海有多大，却又要这么巧地遇到这样的事。所以说人身难得。

一滴藏在眼角的泪

一滴藏在眼角的泪

落下来,仿佛落日落下去的诗句

没有声响

这泪水是一个人的智慧、笔墨

落在一张宣纸上

一朵玫瑰花瓣上

今夜,谷雨会来

今夜,布谷鸟会携带新的泪水来

洗礼我,唤醒我

唤醒这一季生命

纸上饱含墨汁的落日

那个把落日送给月亮的人走了

天亮后,告别沉睡的花朵

走了的人

带走了花香,幸福,泪水

只为在明日的烟雨中重见
把花香和幸福还给花朵
把泪水还给落日

2018.05.04

旅行者

旅行者,从一个白天走进另一个白天
旅行者在东方和西方之间的奔走

旅行者,找寻什么?错过什么
没有人叫他离开,没有人让他留下

旅行者,每一次从高空
俯瞰茫茫大地,都有扑向它的冲动

旅行者早已忘记了,行走的味道
仿佛这世界与他无关,仿佛,又如此紧密

此时,旅行者捡起一只苹果
直到教堂的钟声敲响

旅行者,把它轻轻地放下

放在这干净的土地上,它已经重返
旅行者,还将远行

从一个黑夜走到另一个黑夜

2018.05.20

如酒岁月

突然光顾的雨

让我停下去拜会山上的城堡

城堡里的灵魂

永远不能够寄出的邮件

我可以不用远足

用我疲倦的身体,去想

还有你

可是,我真的把岁月折断

如同折断一张纸

这无法承受之轻

教堂的钟声重复,唯独它们不老

河里的鸭子、狗、鱼

自顾地游动,仿佛它们是同类

我把我泡在红酒里

手里的文字也泡在红酒里

我的追寻也在这杯红酒里

只有这酒才让我想起

你握过的酒杯

如酒的岁月

你的依旧

2018.05.21

在纳戈尔德广场

交响乐穿行

像一颗流淌的心

游走在黑森林深处

假如此刻可以

让我睡上三天三夜

我会让梦安抚我头里的的疼痛

那些隐藏在我身体里的伤痕

会让梦带走

教堂上的那些怪兽

你们也不要随意捕猎虔诚者的魂灵

阳光照到钟楼的时候

我会回到十八岁

广场上,五月树耸立

邻家的姑娘已经装饰好树冠

而我，在慢慢长高

2018.05.22

注：五月树是德国的成人礼习俗。每年五月，年满十八岁的男人在广场立上一棵高树（木），十八岁的姑娘们装饰好树冠。

我爱着也等候着

我爱着也等候着

我的身体住在来世

心里默想许久

也记不起我银色的盔甲

遗忘在前世的白云

那件绛红的太阳战袍

飞鸟啊,我不会杀生,我的长箭只用来

走天涯,从未射过旭日

这是我的罪

我的罪总粘着爱

爱缠着罪,如影随行

世界已经走不到头

落日啊

你让我越来越不相信

明天,越来越说不清

留恋。我听到椎骨,胯骨

颈椎里的痉挛声

往生的呼唤啊

有趣的无趣的啊,那些誓言

都被无情地击碎

还有一个石碑

轻轻地压住我沉默的哀嚎

压住我的爱恨

2018.06.14

一棵野生的树

一棵野生的树

在所有的在意不在意

风，雨，雪，雷电中

肆意生长

这冷漠的世界

没有什么和它说话

鸟儿也不

它固执地生长

躲过园丁闪电的锯齿

它疯狂地生长

好像要完成一场远古的爱情

仿佛啊

只为守望一颗北斗星

轻轻地把她

端放在大地上

2018.06.24

莲花

顺山而上,是皈依的路

细雨清淡

来日的朝霞唤醒我的朝拜

九子山,风轻云重

安坐在霞光里的梵音

安抚着石阶

心一层层落定

遥望拜经台,师父苏世而独立

阳光打在琉璃的檐角

熠熠生辉

山脚下,把梵音托举的

一池醉了的莲花

2018.06.25

我什么也不知道

离赤道一百多公里
太阳裂成两瓣
一瓣悬挂在天上
一瓣坠入海中
与月亮一起坠落
它们发出声音的时候
我的文字发不出声音

我想告诉你
没有太阳月亮的空中有多美
只有星星
每一颗星星都有一个故事

它们自顾眨着眼睛

把故事告诉夜色

告诉海风和鱼群

它们知道了一切,而我

什么也不知道

2018.08.11

在怀远

一

等候了几天的雨还是没下

也没有风

一切都没有意外

院子是约翰传教士修建的

百年前用来治男人的病

百年的银杏,不死的硕大的华盖

果实落满了一地

久远的房子,精致的美

对应今日仿建的拙劣

无知的传承,传承的无知

一块石碑立在花园的小路边

"圣旨"二字待在杂草里

所有的记忆都死在历史

死在行色匆匆的人群里

天空很蓝,蓝得看不到云彩

雨还很远,很远

2018.09.05

二

打开窗。浸泡在阳光里

三色的窗帘布

干净、亲近

我从东方来到这里

一个取经的人,有些疯狂

久远的西方,比天竺还远

传说中的西天

很难到达

我把长衫改成僧袍

怎么都不像布道的行者

圣殿内没有侍者,长老,

更没有圣上

所有的法器都写着

诚实,果敢,天真,平等,自由

不用跪拜,也从来没有跪拜

只是放松到随心所欲

放松到一切坚硬变甜

甚至是饿

供台上的瓜果

你不说,我也不会采摘

我取的是另外一个东西

是经,或许是光

2018.09.20

这漫长而短暂的

秋天了。满地的落叶

和即将落下的

我搂着妈妈的身体,她越来越单薄

仿佛一张纸

我扶着这单薄,这瘦弱,小心地走

岁月送给她皱纹

送给她双手裸露的青筋

多像一棵树,我甚至听到根

缓慢地呼吸

这个把苦日子过得好好的人

把主角从家中过成配角

过成床头上的弱小和轻

还总有不甘,总是用慈祥的目光看我

教导我:

"记得啊,天黑了要回家

能遇的人多遇

不能遇的人少遇"

这个秋天

她总是说起逝去多年的父亲

"他昨天来了,带着果实"

我忍不住流泪。这漫长而短暂的一切

最后都变成果实

红的,青的

2018.09.23

有时候我也咳嗽

有时候我也咳嗽

有时候我也因咳嗽睡了又醒

推开窗

对面的公墓,夜色安静

与它们相邻而居

它们从不吵闹,尤其在夜晚

公园里的树木,教堂

墓前的花朵

那些墓碑上的文字

叙述着不同的人和他们的岁月

相同的,不同的

看得见的,看不见的故事

那些漫步其中的,都是思想者

或者是流浪者

我的故乡,总是用盛大的仪式
把先人们安放在偏远的地方
或许敬畏、惧怕,或许忌讳
那些安睡的此生,往生,来生
他们不再被自己的咳嗽吵醒
只是躺着
仿佛遗忘了"醒来"这个词

2018.10.02

秋风起了

走在日出日落的户外

好多的狗也在同行

我遇到的每只狗

它们有着各式各样的名字

长得各式各样,有好看的,丑陋的

有会各种怪异的

微笑的,狰狞凶恶的

不管什么样的,在你不小心的时候

都会露出尖利的獠牙

它们原本是不属于这里的

旷野,森林,自在的世界

到底是谁圈养了这等灵物

狼真能被训化?一条链子也能够拴住

食物链的终结者

除开主子，它们只知道无理地狂吠
它们的尾巴更了解生活
扬起或者放下

秋风起了。秋叶落
外面，野狗成群
它们还没有找到自己的主人

2018.10.04

这个早晨

这个早晨

没有匆匆

我想到了嘉庆,想到了滑铁卢

还想到了加卡佛超市里的购物车

绍恩公墓的培土车

它们都只需插入一枚硬币借用

这个早晨

只是匆匆

我看到年迈的小泽征尔

笨拙搞笑地指挥《雷鸣电闪波尔卡》

温暖的掌声陪伴着他

我想到了上帝的手

这个早晨

不再匆匆

每一辆培土植花的小车

都干干净净地吟诵墓志铭

少一朵花又怎样

终究要睡去

只是

一朵比另一朵早走而已

2018.10.15

玄

霜降了

我怀念起几天前去过的

十五度城,太阳

把时光变得柔软

我一笔一笔

写下我的幸福,忧郁还有光

可是,一个人的人生

用笔怎么可以写下呢

我在黑白之间寻觅

在万色的变迁间问道

用他们听不懂的语言

写下一个大大的

"玄"字

大梦中,时光变成一支火炬

把"玄"连同我一起烧尽

大地变得如此干净

干净得,空空荡荡

2018.10.24

立冬记录

这条从西向东的路是318

从海上一直通往拉萨

朝圣的人从东向西

曾经的路一段一段被遗弃或者改变

如同曾经的我

那棵百年紫薇,残缺的界碑

记录变得模糊

如同我曾经的许诺。时间哦

怕有千许万愿

都烟消云散在苦行的倦意里

在花开果落的沉默里

又到立冬,今年会更冷

落叶会更多

它们甚至找不到安静的土地

放下自己

远处的柿子树,几枚红柿子

在灰色的冬意里

摇晃

2018.11.09

门

十五个小时

只是人生的片断,记忆的一瞬

第一个小时

我好好地想了想

少年时,那支《红河谷》

一把口琴吹出,诗一样的姑娘

羞涩地,坐在门口偷偷望我

又用六个多小时做了一个梦

河边,古老的木屋

一个彷徨其间的人,找不到归宿

每个门都充满了诱惑

许多的姑娘,她们在黑夜里

向他露齿而笑

接下来的八小时

我奔走在医院的各个检查室

看到许多人,我知道

有些人在这里如同一个句号

有些人如同一个省略号,或者问号

生命一律以斤、两、钱、毫厘

甚至更小计算

此刻,窗外,阳光灿烂

它照着每一个人。如此公平

如此灵通。它甚至照进孤独者的病床

它推开白色的门,告诉他:

爱很难,但无比珍贵

2018.11.11

旅途杂记

那旅途的人是寂寞的

那旅途中的冬天的焦虑的

只有灰色的雨陪伴

却不能滋润,我的欢喜

那干裂的唇痕像时尚的纹身

那无视季节的人如同无视他的身体

要动用私刑,药水浸泡

血和针的炫耀

才有一朵云驻足在青空

一棵小草得以喘息

让河水的叹息停顿,鱼群重新来到

风不急,雨不急

他等的阳光

正把河水照耀

那些生命中纠结的水草

那一切杂乱的世界

因此，有了生机

2018.11.30

记忆之火

十二月

黄昏和早晨一样的冷

想起记忆中的乡村,木炭

像一团火

燃烧冬季冻结了的一切

有一次,甚至要把他燃起来

那暖,他摸到的稻草

一根根,在他长夜的睡梦中

哦,一根根

仿佛他少年时的激情,渴望

还有简单。简单的温暖

他必须逃离今天

那炭火的温度

不然会烧焦这回忆的世界

还得读懂寒意。把记忆之火

留给过去

也留一些给将来

2018.12.04

十二月

我在等一场雪的到来

干净的雪,落在我疼痛的肢体

落在我薄薄的行囊

有些痛被我饮下的酒灌醉

有些痛被我握住的雪融化

那些经过的山川、河流、荆棘之花

它们被雪覆盖。我也一样

只有它可以压碎我

在我身体上,压出厚厚的脚印

仿佛母亲的脚印

慢慢地化掉

2018.12.10

冬日记事

我走在行道上,走完的是路

走不完的是寒意

他们说夏天太热

释放了所有

阳光被冻在路上

冰雪盛装而来

它们有奇特的美

干渴的土地轻轻捧起它

它们落在我身上,把我打湿

造物主神奇的一切

冰冷的一切

在大街上遇见,在人生漫漫旅途遇见

他们走在与我一样的大街上

等光的到来

光,在一片淡淡的绿里。照耀

这个冬天

2019.01.03

向日葵

我要在冰冷的冬天里

画一幅向日葵

被阳光照着

它是我此刻分裂的情绪

不能选择的季节

就像我无法选择白昼和黑夜

我唯一可以决定的是,追逐光

我的孩子在这阴霾的冬天

他的焦虑和沮丧在纠缠

他说的好多词语

我也似懂非懂

我想好好画一束光

把它送给太阳花

送给明天的孩子

我努力地画

只是画得不如人意

2019.01.09

岁末记

走了很远的路,来看星星

那些天空的记录

待了很久。风不理我,月不理我

离开的时候

下雨了,越下越大

只能留在这园子

在枯萎的花木中,我遇见

偏居一隅的理想

它瘦骨嶙峋,清苦

仿佛迟暮之年

早年的锦衣已不能辨认

无力的曾经绚丽的一切

如同招魂幡

遗忘在没有风的日子里

我要好好种一株带刺的蔷薇

在院子里,给它新的理想和自由

让它在狂野里怒放

等我归来

2019.01.29

冬夜的天使

即使在黑暗的雪夜

看不到树木，星空，万物

我仍选择相信

绿的，璀璨的，玉质的

在看不到的世界

想到她就好

她会治好我的眼病

疗了我的心伤

我左边有棵树

枯枝苍虬，右边那棵枝叶繁茂

风在千里之外

水已冰冻无言

大天使飞过

她要给

给每一棵树,夜色的建筑

点上灯光

让它们不再孤寂

尤其那些高大的孤独者

那些居住在黑暗里的前行者

每当大天使飞来

它们就长高一丈

他们就前行百里

2019.02.01

所见

端坐高台处

看云起

有孤行者独飞,有列阵者整齐而至

灯火通明的建筑,灯光通明的街道

树木和花朵,藏身在黑夜里

和它们密谋的群鸟

黎明到来,便化身为光明使者

打开黑色的歌喉歌唱

但此刻,他要在夜色里消失

连同无眠

露珠,是他给晨曦准备的

那些曾经的爱看似坚强

铅华走过,柔软到苟且

甚至苍白

高台之上,无尽的浮尘把我围绕

允许我喝一杯烈酒

如同喝下星空。我的血沸腾

北斗星滚落

无限升华的是你所见

无限坠落的是我所见

2019.02.08

万吨压机上梁之日

只有钢铁的碰触声我才感到温暖
那铿锵有力的,融化这个冬季
只有劳动后的微笑,才能
安慰我的疲惫。这微笑是节日的花朵
我要把它们送给每一个人

他们的笑脸如此珍贵,由万吨钢材铸成
里面有一万吨智慧和汗水
我要送给爱我的人,恨我的……
此生,我还有许多要送的人
他们收到的这花朵,就是收到整个春季

2019.02.17

今夜,松针坠落

今夜,松针坠落

千万根松针,和千百个我坠落

另一个我和一枝花站在不远处

绿色,棕色与不合节拍的白

一起消逝

夜行的火车与黑暗一起飞驰

沿途的车站灯火通明

那么多的黑衣人

等候新的穿越。春雨飘来

冰凉而温柔,今夜请帮我关闭春风

好好睡,来等天明

远方的人送来一捧迎春土

给千山点一抹红

给万水染一遍绿

这色彩,这呼吸

我因此而拥有整个春天和你

2019.02.20

大雪之日回老宅

苍白的季节。平淡而安静

如我的前半生

只有雪舞起一季冰冷的欢呼

它们把一切遮羞

那些冷酷的,丑陋的,不洁的

我没有意识地走进

风中的老宅

我失却的记忆,在雪飞舞的空间

在雪变成了雨的日子

我遗失的过去

它们仿佛被一种冰封

没膝掩盖的世界

黑夜里盛开的雪花如我遗失的玫瑰

我们的对话悄无声息

我们的约定转眼即逝
我那恋恋不舍的
是谁?
谁又会是谁的恋恋不舍

2019.02.2

醉酒赋

那个用夜写诗的人

只想在夜里假装安全

和风好好说话

不能记忆和不得记忆的

在夜里,看得更清

夜啊,你把谁的名冠以我的名

贴在夜里

我看到风月成了我们的时光

我又看到它们开始陈旧

包括,你赋予的我的名

我狂饮,却醉了风月

醉了群星。那些遗失的美好

在醉中,一醉再醉

2019.02.26

惊蛰

感谢夜,给我大雪纷飞

覆盖一世的忧愁

趁天未明

我把所有的念想

埋在待放的迎春花下

窗外传来几声猫叫

今天的黎明比平时更早

生灵们早早起来

唤醒这个春季

此刻的光明让我想起了母亲

我是个有故乡的人

我与她隔着一缕春风的距离

还有春风也抵达不到的记忆

2019.03.08

我的叹息

我的叹息在遥远的夕阳里
因太阳的落下而落下
明天,又因它的升起而升起
那在夜里奔跑的
是我奔波千里之外的足迹

三月的梨园古木苍虬
我听到树木的春天,水的流淌声
家乡袅绕的烟火,早已没有踪迹

不能归去的田园
居住的是一群肥硕的老鸦
它们是诗歌里异族的神器
我少年时的记忆

2019.03.23

人生的青灰

我画春天,用了翠绿,桃红,明黄
多么俗不可耐
我最喜欢的是青灰色。却没有画上
无法画啊,住在我心头的春雨
它的味道。仿佛初恋
包裹我冰冷的骨头
仿佛母亲唤醒
遗失多年的我
随红尘滚滚而下的善兽们
无法逃避的恶花们

我是千百年离经也不会叛道的人
我是在这一季生长的
泥潭里的花瓣

我是等清明被探望的寂寞

我是被约束的生命本色

人生的青灰

2019.03.26

盼

从昨夜起

我就在盼一场雨

一场能在今天落下的雨

它能帮我思念一个让苍天眷恋的人

从黎明到黄昏

雨,终究没有下

日落以后,我的心里

端坐着一尊佛,一座魔

佛像慈悲,魔像庄严

他们对视无语

他们仿佛毫不相干

又仿佛是

一个人的两面

2019.04.15

那只沉默的鸟儿

谷雨的日子里

天气阴冷,槐花香甜

我用最简约的笔触

把梦的焦虑画明白干净

宣纸上怒放的花朵

是我在这一季种下的喜悦

那些我不能抵达的向往

我把她托付给我房前栖息的鸟儿

它沉默地看

一只流浪狗从它身边走过

行色匆匆的人群从它身边走过

我从它身边走过

或许它在想念春天

或者想念它永远飞不回去的日子

2019.04.27

万物

在宣纸上铺开一树夜色
笔尖不能触及。梦的碎片
古老的记忆自带星斗
它们贴在青空随万物
风,花,雪,月
忠诚,义气,屈辱和伤痛
移动
模糊的文字传播了夜
良知,正义
有时候是满月,我不去触碰它们
有时候一片漆黑,我无法触碰它们

在这个春风沉醉的晚上

我感受到记忆的飞翔

儿时，芍药花坠落的夜晚
那些悄然逝去的万物

2019.05.06

夜色中的雾

我喜欢夜色中的雾。就像此刻

书,灯光,雾

园子里的花草在夜雾中睡去

灶台上的草药在煎服,雾中的病痛

我爱的人儿啊

都藏在雾里,雾里的梦乡

那些走过了的约定,那些雾一样的承诺

没有轻重,只是安静

我沉睡,大雾在我梦里

陪我。雾的声音,嘀嗒,嘀嗒

2019.05.21

六月

六月,已经过半了

这里的群山冒着热气

一群枯树,等候着雨。等候重生

单色的画笔记不下

自然的色彩

新生的嫩叶,向空中舒展

阳光把空荡的水田点燃

遗失的高贵

一如我遗失的少年

那些英雄气概和鲁莽

日落下的大风依旧,风尘依旧

梦想跌落在梦起的地方

六月,等待暴风雨的季节

大雨过后,万物无痕,万物重生

2019.06.16

和一条江约会

七月,我在和一条江约会

火热的夏天,在异乡却是雨季

不期而遇的大雨,把我湿透

我贪婪地收下,大雨

我一路走来

总会被风唤醒,被雨打湿

临行前,妈妈说,"水大,出门小心"

我总是小心翼翼啊

陪伴我多年的事物,也会遗失

我在雨季里揣着希望奔走

希望有时候也会遗失在雨里

我像雨中乌江边的渔夫

撒下一网又一网

那些下网的收获,去哪里了

我的快乐,去哪里了

直到雨把我充满

我才听到江水的澎湃,和它的静谧

2019.07.10

夏夜

夜风敲打着竹帘

噼啪的声音,围绕疲惫的我

肆意在我的窗口

一城的灯光陪伴一城的寂寞

月亮升起,又消逝在黎明之前

凄美,无声

我体内有至寒之物

仿佛脊柱是一块冰椎穿越

它来自北极,或者更远

给我带来哮喘和寒冰

此生不可自决,此生以沉重为轻浮

此生以无眠为睡着,或者反之

那些走过的远方和思念

在这只有鲜花,没有四季国度

它们就在身旁，我伸手可触

我闭眼可看

生命100年，我已一半

生命80年，我已大半。生命顷刻

我即顷刻。远方将去，思念归无

唯独这花。永远

2019.07.22

在黑夜的高台

在黑夜的高台

我和你对话

谈些无关的事,无关的人

星星就要落下来

真想融化在夜里,像星星落下

不远的建筑,偶然闪烁的灯光

一些奇异的声响也会

从建筑内部传来

风轻轻地,吹拂你我

我的心里涌起一种冲动

伸开双臂,紧紧地把这一切拥抱

黑的夜,落下的星和你

2019.08.18

白露

念念不忘的九月

如期而至的雨和记忆

打湿了的树干,草尖的露珠

甜到心里的温润

秋天的金黄,如此刻骨

果实的热爱,黑白,甚至生死

凌晨三点,走出高大的厂区

我不知道天亮的路还有多远

我看到一把哥伦比亚战争的枪

被改造成了吉他

机器演奏的,迷人的和弦

仿佛一个燃烧的白

向我飞奔而来。如同秋天的果实

落在大地

2019.09.09

胡杨

为了千年不倒,千年不朽的胡杨

有人如约而至

应该有不加修饰的树干

守候在干涸的旷野

成为生命之灯塔

成为我眼里最后一道风光

苍茫的风已经到来

那个在风中行走的人

没有看到胡扬

一片花海和果实驱逐了它的领地

它们带来远方的风景

在胡杨曾经的大地上摇曳

酒店门口,树上挂满小红果

朋友说这果子叫初恋

第一次见到叫"初恋"的果子

它不叫"胡杨"

2019.09.21

祖国

我想过无数的方式为您庆生
还要好好把您陪伴
不只是在我困苦和磨难时
您给予的哺育
您是我血脉相连的
我的母亲

我从未如此贴近地聆听
您的心跳和脉博
铿锵的声音。亿万铠甲
从亘古传来奔向四面八方
亿万双好儿郎的眼睛
太阳的气势,青空的浩荡
那宣示的伟大告慰着五湖四海

亿万的吼声

亿万道光芒

那是儿女给您的祝福

久久的依念,久久的述说

我泪流满面

明天,我将去更远的地方

为来年的风调雨顺

为您取来柴火

在冬日里薪火相传

如太阳的璀璨,红色的光芒

2019.10.04

走过

或许有些缺陷才是常态
或许美来自缺失的地方
初晨的阳光
打在不算宽敞的门厅
一群人相逢在光里
有一种语言是专业
有一种志同是担当
他们有一个名字叫工业
这里的方言是金属的气质
铁锈的一切
仿佛停在三十年里的沧桑
众多的雨水、阳光穿过历史
落在大地
发出金属的叮当声

2019.10.20

太过迟到的冬雨

太过迟到的冬雨
等冬天我也等得太久
冷,是给我的欣喜

我要奔走相告
告诉昏暗的街灯,冷
那些黄色的树叶,冷
那些黑色的路面,冷
冷的被约束的被迟到的
冷的,一只白猫穿过绿色的灌木
冷的风这么大,它是要去哪里

这个冬天它们安生在哪儿,这冷的
我的鼻子失控在个阴冷的日子

生活因冷而无序

又因冷而有序

这冷的错乱终会纠正

这冷的，守候阳光的冷

2019.11.18

冬至的铁锈

帕马的铣刀游走在钢铁的机身

它在雕琢,过分精美的事物

斗指子的祭拜我不能忘记

工业,百年族人的停滞

仿佛长剑不再锋利

仿佛铠甲不再灵巧

装备制造和彼岸相距太远

他们不屑我的努力

他们只会远远地呐喊

战友们倒下,或离场

有的走进异族华丽的帐篷

有一天,他们把异族引进

他们在赞美异族人的斗篷

豪气的战袍

那时,我们用什么告慰今天

阳光锈蚀,我用心擦拭
战袍锈蚀,我用阳光擦拭
此刻,走在安静的厂房
我的心,与黄昏的阳光一起
锈蚀

2019.12.26

一场电影之后

冰封了的城。有人在云层之上
点一只灯火

有人翻遍所有的史书
想知道辉煌的城从哪里走失

那些跋山涉水远渡重洋的人
在寒冷里寻找,理想的处所,处所的温暖

冰冻中的生灵
只剩麻木的喘息声。那个寻找的人还在前行

他想找到冰雕的微笑,微笑的温暖
他守候在冰封消融的日子里

圣人说：如果你不能飞，你就跑吧
不能跑，你就行走
如果走也不行，你就爬
总之，前进

等春天，越来越多的绿，把一块冰
喊醒，喊活，喊一城的冰开出花来

花里的故乡，并没有想象遥远

2020.01.26

二月，诗的季节

二月，诗的季节

所有的生灵都蠢蠢欲动

这个月因为一座城

有一场病毒的狂欢，一群隐形的妖孽

它们踏着黑暗呼啸而至

诅咒这座城市

千百个城失语了。医生、护士

白盔白甲的将士倒下去，站起来

一群没有征衣的将士也在冲锋

今夜，风神，雨神，雷神来了

他们与将士们一起冲锋

来告慰这空寂的城市

用春日的闪电把病毒击碎

花朵们次第开放

我来写下梨花的白,像护士的脸庞

我来写下桃花的红,像战旗

迎风飘扬

2020.02.18

惊蛰的歌

许多人在今天

唱一首老情歌

许多人在今天

怀念的叙述的歌唱的

许多人在面对 22 位殉难者的照片

许多人哭了

有许多人哭就有许多人沉默

我是那沉默的无处安放的失落

那未曾绽放的生命

那离去

遥远的海那边

我的孩子用异域的语言对我说

"王子不一定都骑白马"

夕阳落下的时候

她穿过挪威的森林

随黑马王子走进梦里

那些白衣，白衣天使，在春天里消失

2020.03.01

错过的三月

烟花三月,是最美的记忆

一种雨叫樱花雨

用天数追逐花期的命数

每到这个季节,故乡用一地落英,为宾客铺路

外来的人在村庄逗留,说着听懂、听不懂的言语

他们在落花中谈茶,茶艺,茶味,茶的生命

白阳岗上的瑞草

奇怪的横径叶脉

有美的味道,外乡人把它们放进行囊里

我眼睁睁看他们把香味抱走

仿佛劫掠着我的村庄。我要忍受这一切

忍受这个春天不可思议的静止。那些烟雾和阴影

2020.03.31

2020 的春天

人们也许会谈及 2020 的春天

这个失魂落魄的花季

我们把春天关在窗外

还有那一重又一重的忧虑

一直到我都忘记门那边还有个你

再见应是四季以后

又或是一生

2020.04.14

初夏

初夏,一切都是正好的
风是正好,雨也正好到
我把这个春天最后的守候
坚持到孤单,没有色彩
在这非黑即白的世界里
用心去洗心
把诺言刻在风中
任它东奔西走
找一片净土,轻轻安葬

2020.05.10

夏日之诗

每到子夜时分

我的心都在思量,是入眠还是

在黑色的夜里醒着

我的心有时候贪婪这夜色的阴沉

有时候又渴望黎明快点到来

清晨的树木

它们抖动的叶面

在风中像音乐

夏日早晨的欢笑,伴随

一只流浪的小野猫慵懒的喵声

它与这早晨

融为一体。仿佛世界的主人

没有流浪

只是夜晚,它常常用孤单把我吵醒

黑夜与白天一定有什么不同

黑夜,我的心仿佛茫茫空虚

白天,我的心又被那些光。填满

2020.06.08

走过空荡的厂区

大雨倾注的六月

我站在厂房门口

仰望被雷电撕裂的天空

车间里熠熠生辉的黑金

电光把钢铁撕开

雕琢和毁坏

笨拙的力量

找回这片土地上失落的东西

锻造新的世界

犹如造物的神匠鲁班

高尚、担当、传承、力量

他们在给族人打造一副坚强的膝盖

打造护身的铠甲

活着

他们在厂区栽上果树，石头，钢铁

只等秋的丰收

把空荡荡的厂房铺满

2020.06.16

六月的雨

六月，被雨浇灌

湿漉漉的梅味

远行的阻挡另有原委

向日葵兀自开放

它从哪找到的方向

（我以为它会等候太阳）

在苦涩的口里放颗药丸

驱逐体内的湿气

我不思念阳光

只牵挂故乡的母亲

雨水中的山坡

2020.06.27

一场大雨

一场大雨,让我彻夜难眠
我仔细倾听,夜中的万物
它们也彻夜难眠
雨下了一夜,二夜,三夜。雨还在下
它们落在向日葵倔犟的脸庞
向日葵的头颅低垂
田里的稻谷在收获前发了细细的白芽
它是农夫沉默的泪滴
所有的生命在淹没中
有些在生长,有些在死亡

我穿过如烟的雨幕
去探望母亲,听她讲潮湿的记忆
有一年大雨,伴着惊雷和闪电
我,哇哇出生

2020.07.16

不被打扰的夜

时间,空间互为交替

遥远混沌的星群

藏在有序的轮回里

寂静的宇宙

声音从四面八方袭来

衰弱的我无法听到

星空的私语

夜空的绿树(其实我看不见)

被夜惊醒的猫叫

我想起

多年前母亲给病中我的喊魂

山体的边缘渗出一线声音

沉睡的人被沉睡者唤醒

眼角一片潮湿

我坐在夜的边缘

就像坐在黑暗的尽头

看流星坠落

2020.08.08

夏日

八月,阳光盯着焦灼的大地

它收获着渴望者的汗水与疲惫

在阳光的缝隙里我读到了普罗米修斯,阿波罗

夸父,哥白尼,伽利略……还有尼采

这群祭祀者

他们都还活着

在阳光里

我种的向日葵里

这个季节,它们又消逝

在肆意的洪水里

几个喜欢花朵的姑娘,要失望了

这个秋天,她们将空手而归

2020.08.27

无题

被洪水耽误的夏日

如同我耽误的青春

憋足了力气与空荡

倾刻间,电闪雷鸣,风雨交加

天空画满了恐惧的休止符

我的喘息留在那场雨里

我的时日不多。终将离去了

也许我会失去你

亦或是你失去了我

那些整日闹腾的激情,担当

它们与我会睡在哪片土地

2020.08.29

那枯萎的向日葵

天黑的时候

雨开始落下

我是在那个夏天迷失的向日葵

如今已近十月

一株一株的长柄开始枯萎

葵子散落,那漫天飞舞的落叶

水,泥,石缝都是归处

一只麻雀在窗前坠落

它或许受伤,或许病重

枝干的焦黄

在一片绿色的叶子里挣扎

过去的绿遗失在秋风里

温度,一天比一天凉

如同我的心,一天一天凉得安静

2020.09.22

九月的月亮

九月的月亮

被他们拷贝得支离破碎

散落人间

五颜六色

耀眼的金黄

被古人贴上各种标签

李白的月　杜甫的月　他们的月

想要唤醒什么

我看见的或许是过去之月

我画的或许是未来之月

一只小野猫随月的降生而降生

它孱弱的声音

在月下响起

它干净的眼睛望月

与我望月有什么不同

它无助而绝望

我匆匆而无情

2020.09.30

我的世界没有雨伞

每当下雨,看着满天的伞

红的。绿的。黄的。黑的。它们弥漫

整个街道

我总是能感受这伞

感受伞下的人

他们瞬间的安宁

我的世界没有雨伞

每到下雨

我常常仰起头

让雨淋湿我的全身

这个秋天,多雨的季节

我来到一个叫榆林的地方

满身苍老的榆树

它金黄的叶子排得这么整齐

它们像一把把雨伞

我走在下面,突然有一种快乐

一种安宁

2020.10.26

冬至，蓟门烟树

冬至，蓟门烟树

一朵墨色的云，昂立在半空

元大都的夯土早已失去颜色

一树黄金的银杏

被寒意击碎，落英满地

只剩灰的树干

像百战归来的骑士

它的身旁

一朵梅花提前开放了

还有一朵

也将悄然绽放

2020.12.06

12 月 14 日

会场外冬青绿色未减

浆果憋足了劲要开出艳红

这个冬天与以往的冬天

有什么不同

我坐在会场里

听从未谋面的科学家讲

飞船如何在拉格朗日二点着陆月球

5 月 17 日,"天问"能不能回来

力量是如何消失,如何回来

仿佛神的把控

而非人类

对一切未知的敬畏

我们保持了沉默

正如我对冬日枯萎了的

却生出了新叶的树木

保持了沉默

2020.12.14

病中杂思

这个冬季

我住在高层的病房里

换个角度看城市

熟悉的声音从未走远

陌生的声音也时常打扰

纷繁的世界

总是想进入我

掩盖的耳朵

窗外,一场雨把街道洗白

泛出青冷的光

红,绿,橙,白浑浊的光

在街道游动,像几条蛇

把整个城市带着游动

雨中,一把把好看的雨伞

在游动

伞下的嘻笑和孤独

在游动

楼下，包公的园子

漂亮的庙堂还有口廉泉

在游动

静静地和我遥相望

与我一样，被存在地遗忘

而我的心，也在游动

2021.01.26

致病童

三支香点燃

烟如风缭绕

月亮落下的时候

我和我爱着的事物被挤散

谁额头的尊严

印在医院的石阶上

谁把疼痛的孩子领走

那些被疾病折磨的孩童

让精灵找到他们

把他们带到幸福的地方

远离黑夜

那没有月亮的地方

三支香燃尽时

我的祈祷得以实现

我看到的是快乐的孩童

他们的快乐闪动着春天的

光芒

2021.03.07

我想去更远的地方

这个春天,我想去更远的地方

带着他们,她们,或者它们

更远的地方,这里的春天一定与合肥不同

那些树木的面孔,花的姿态,来往的陌生人

我会找个万物必经之地,坐下来

我会说,是啊是啊

所有的日子都会消逝

万物正在流走

蜜和光

只有春天永存

只有我坐在这里的时刻,永存

只有你和孩子们

在春天里

因飞扬而永存

2021.03.15

找到知音

布谷鸟叫的时候,是春天的一个早晨

我从一棵倾倒的树干旁经过

它就叫了

似乎要把我从祭祀的路上叫回来

它兀自放声地叫,它的声音

有些傲骄,有些婉转

它多么的好,它抚平羽毛的时候

就把我的哮喘抚平

它在有点湿润的树上叫

我在有点湿润的地上走着

不为聆听,不为对话

也不为思考,我们只是这样

仿佛人到中年,相互找到了知音

2021.03.30

钢铁的味道

四月把东山的桃花,西山李花
熬出一树绿叶。我闻到青草的味道
连日的春雨
让偶然放晴的天空,成为一场盛宴
阳光在云层之上,勾出金边
像出征的战袍
我闻到阳光的味道,又仿佛散落的
要消逝的青春

一群孩子走进工厂
我的青春在他们脸上涌现,复活
他们说:钢铁的味道真好!

2021.04.20

水墨天空

感动我的是画笔和一张纸

与五月的雨一样吐着热气

与宣纸中扑面而来的山脉一样

就像奔赴一场祭祀

把纸画破,把笔画秃

把宽广的厂房画成一滴墨汁

墨汁读懂了屋檐下的机器

读懂了撕裂后的重生

坚硬里的柔软,深藏的温度

每个角落机器的轰鸣

像墨汁的怒吼,像墨汁的温柔

像一朵小花照亮一条小路

也像我此时

在水墨天空面前的沉默

2021.05.18

给我的兄弟易远

梦见我从未谋面的兄弟

他手里有一把刀

雕刻星空、大海和石头

李寻欢与他同行,那些燕赵的侠士都是他兄弟

他给我刻下"行者""佛"和我的名字

三枚印章

他刻"行者"的时候,我正在千里之外忙碌

他刻"佛"的时候

"佛"就在他的手里诞生,我仿佛看到光芒

他刻我的名字,我竟然感觉到疼痛

我在宣纸上画荷,数不尽的花朵

红,白,红

我用上好的朱砂红打一枚印在画上

佛生的莲花就痛落了一朵

我兄弟的好刀,点石可以成金

遇善则柔,遇恶则刚

人人都应该有一把刀

当我们进入黑夜,记得用刀

将黑暗逼成白昼

每盖一印,还要记得,我们的名字是刀刻的

2021.06.05

春天借去了我的耳朵

这个春天,我的右耳失聪了
春天借去了我的耳朵
我又少听了一些东西,大地和山川
它们应该有一些声音
那些鸡零狗碎的事物也应该有一些声音
那些快乐的花朵,应该有一些声音
我的爱人和诗歌,应该有一些声音

听不到了
我只看到输液瓶里的滴答滴答声
时钟,嘀嗒嘀嗒
像我前五十年

我失去了一只耳朵。失去了我的前半生

2022.02.06

柿子树

这个冬天,雨雪有些迟到

桂花零星地开放,桃花也在含苞

不曾消逝的绿又开始嫩黄

它们争相告诉世人,春天来了

鸟儿啄食着冬日的红柿子

它们一点一点,不慌不忙地啄

仿佛啄食我剩下的时光

它们在我脸上留更多的皱纹

那里什么也没有长

只有漫长的记忆。我回到的童年

一个冬日的柿子树下

我仰望,树上什么也没有

2022.01.26

2022

清晨的路有一层白雾

我看不清，因看不清而白

而美得干净

这时候，时光柔软，来来往往的人

无问来路，无问去途

他们如两条平行线

仿佛永远的彼岸

直到在一个海棠花的驿站

在一个小酒馆，我们饮了一杯酒

相互碰了一下杯，相互问好一声

说一声新年快乐

2022.01.13

黑夜隐退

黑夜隐退

云,水墨一样泼洒在清晨的天空

谁画出了高山,长河和大海

甚至有鸟,倔强地站在云海的高处

阳光让孤傲者更孤傲,让飞翔者更懂得飞翔

大地从北半球的沉寂中醒来

我走在医院,看到往返的白衣天使

他们微笑

我就知道,苦难被他们打败

坚硬的石块开始柔软

一支冬天的玫瑰

在冷中摇曳

2021.12.23

大雪的早晨

大雪的早晨

行车道上的蔷薇

在冬日的风中摇动

我看着它,它看着我

风吹过它,也吹过我

我和它都被风吹过

这个早晨

万物与我一样寒冷

石阶上,一些散落的种子

最需要风的是它们

只有风才可以带它们回到大地

只有风才可以吹开包裹的叶片

种子,它落在大地

不远的春天

那自由生长的声音

将与风同行

和风吹暖万物

也吹暖我

2021.12.07

越冬

我在宁静里不安地行走

大地正筹划一次更大的埋葬

用落叶,病毒,风中的尘埃

或许是它们期待已久的欢宴

我终于摔倒在苍茫的大地

看着这苍茫和安静

我甚至是喜欢这摔倒

仿佛我把我还给了泥土

2021.11.09